魂のさけび

樋口　強

春陽堂書店

はじめに

『代書屋』という落語があります。昭和初期のことです。世間をついでに生きてるような男が、履歴書を書いてほしいと店に飛び込んできます。

「どこかへ就職をなさるんですか」

「そんなことはしません。ちょっと勤めに行きますの」

「お名前は」、「トメっ公、って皆が呼んでます」

「生年月日は」、「あれはね、確か、なかった」

「学校はどこへ行きましたか」、「近所の小学校。それも3年で卒業」

「今までにやった仕事は」、「数え切れませんわ、半日でやめたのもあるし」

「賞罰はないですね」、「いいえ、大食い大会で優勝して大きな表彰状を」

これは実話をもとに作られた噺《はなし》です。主人公が自らの生き様を自信をもって堂々と語り、人生を生き生きと謳歌する姿が目に浮かびます。地位や名誉や資格を必要とせず、自分のやりたいことを追い求めて輝いて生きています。これでいい、と自分に納得をして、他人と比較をしない〝絶対値の人生〟です。

「そんな風に生きられたらいいなぁ」

「落語の中のことだから」

と、絵空事、他人事として片づけてしまえばそれで終わります。ですが、一度だけの人生です。残りの半生は自分もこんな風に、またはこれを目標にして生きてみたい、と思いませんか。そのときに必要な力は、自分が長年の人生で身につけてきた本音と直感であり、自分を信じる心です。そして、それを実現するための、ほんの少しばかりの勇気です。

家族と一緒に晩ご飯を食べたい、酒が飲みたい、この仕事を一生続けたい、深刻ながんに出会っても生きていたい。つらい仕事はしたくない、イヤなやつとは付き合いたくない――。
　これらはすべて本音です。ほしいものがいつでも手に入ればそれに越したことはありません。ところが、人生の節目には大きな分岐点がやってきます。どちらの道を選ぶのか、その選択を迫られて大いに悩みます。そのときに大切にしたいのが、長い人生で培ってきた〝本音と直感〟なのです。自分の心と素直に対峙して、魂のさけびを聞いてほしいのです。

　本書は、たくさんの事例を取り上げて、分かりやすい言葉や表現で書き上げました。ときには、『いのちの落語』に創作して表現しました。文章には語調を意識してリズム感を持たせました。読み進めるほどに調子が良くなり、音読すればさらに元気が出るように意識をして執筆しました。また、文字や行間にもゆったり感を持たせて読みやすく編集しました。
　2時間程度で読み終えるように配慮していますので、一気に読み進めてください。重いテーマや内容も詰まっていますが、笑いと涙での読了後には、さわやかな風が心の中を吹き抜けることを願って書き下ろしました。

それでは、本編へご案内いたします。のちほど、「あとがき」でお会いしましょう。

樋口　強

第一章

コロナを越えて

生活が一変した

2020年に始まった新型コロナウイルスによる世界中での感染拡大は、年を越えても続き収束の気配はない。自分の体と命は自分で守るしかない、ということがやっとわかって、それぞれの生活の中で工夫をしてこのコロナ禍を凌いできた。

日常生活が大きく変わった。テレワークというシャレた言葉が生まれた。要するに自宅勤務である。会社へ来なくてよい、家で仕事をしなさい。各企業がその制度設計を作るよりも早く、新型コロナウイルス感染拡大防止対策として半ば強制的に実行に移された。企業人に聞いてみると、これが大変に好評で、「会社へ行くのは週に一度程度。仕事上で困ることはほとんどないですよ」という。会議は毎朝9時にオンラインで行う業務確認会議だけ。要するに、起きてるか、を確認し合うのが目的。ムダな会議もなくなって業務への集中時間が増えたという。会社としては、不要な事務所スペースを減らして事務所経費を削減できる。直接業務への時間シフトと事務所経費や通勤費用削減という両輪の効果が期待できるのである。このテレワークという制度、緊急避難策ではなく、ビジネスモデルを変える効率的効果的な恒久制度として今後も残っていくような気がする。

ただ一方で、テレワークが定着すると別の深刻な問題も発生する。私も小さいながら事務所を持っていて、今まではその事務所で業務をしてきた。しかし、感染防止のために電車や街なかを避けるべくテレワークに変更した。つまり毎日自宅にいるのである。そうなると、当然毎日三食を自宅で食べることになる。カミさんは今まで一人のときは、昼ごはんは残り物で済ませたり、気がつけば食べるのを忘れていたこともあった、という。ところが、今度はそうはいかない。毎日三度の食事メニューを考えるだけでも苦労する。朝ごはんが終わったらすぐに昼がやってくる。後片付けをしたら夕飯の買い物や準備に追われる。一日があっという間に過ぎてしまう。だんだんストレスが溜まってくる。ある日、カミさんが言った。

「今日も家にいるの」

「家にいる」

「何で」

「何で、ってテレワークだから」

「お昼ごはん、食べるの」

「うん、食べる」

「何で」

「いや、何で、ってお腹空くから」

「あのねぇ、うちのワンちゃんだって一日2食なのよ」

そうか、なるほど。いや、感心している場合ではない。初めて気がついた。私はカミさんが何気なく言ったこの〝だって〟という言葉に引っかかった。この一言で我が家の組織構造が映像としてはっきりと浮かんできたのである。私はワンちゃんよりも下に位置づけられていた。確かに頷ける面もある。

「ごはん、できたよ」

カミさんが台所から呼ぶと、ワンちゃんはどこにいてもすぐに飛び出していく。「あんたはいい子だねぇ」

ところが、私のほうは、仕事のキリが悪いとか呼ぶ声が聞こえなかった、などとすぐにテーブルにつかないことが多いらしい。

「冷めるわよ、もう」

最後通告が発せられる。素直さでは断然にワンちゃんのほうが上位らしい。

テレワークは我が家では重大な課題を提起した制度でもある。

新型コロナウイルス

２０１９年12月に中国武漢で最初に確認されたこのウイルスは、その形状が太陽コロナに似ていることから通称コロナウイルスと呼ばれるようになった。正式名はＣＯＶＩＤ‐19。初めて発見されたコロナウイルスなので新型コロナウイルス。積極的な治療方法や効果的な治療薬もない。免疫力の弱い高齢者や深刻な病気で免疫が低下している人などが感染すると重症化しやすく死に至ることもある。国際機関の危機意識の低さや各国の対策遅れなどが相まって、この新型コロナウイルスは瞬く間に世界中に拡がった。そして世界の安全と平和が脆《もろ》くも一瞬にして崩れ去ったのである。その情景を目の当たりにして愕然とした。

私たちの日常生活は否応なく一変して、今までの価値観や判断基準は通用しなくなった。会社へは行くな、混んでる電車には乗るな、学校は休校、外食や飲み会はご法度、熱が出ても直ぐに病院へは行くな、感染検査は誰でもできるわけではない、そして、家から出るな。やれることは何でもやって、その中から効果的な施策を見つけ出そうという大がかりな手法がとられた。日本国中に緊急事態宣言である。

一方で感染して重症化した人が指定病院に運ばれる。しかし、治療薬はなく、治療方法も確立していない。医療者は感染防止を図りながら治療にあたる。テレビに映し出されるこの映像を見て、１９９５年に起きた地下鉄サリン事件が重なって見えた。感染拡大防止にみんなが頑張っている。ただ、どっちの方向にどう頑張ったらいいのかが見えない。これはみんなが、つらい。

失って見えるもの

この2020年に起こったコロナ禍で、私の事務所では講演業務が激減した。年初に決定していた約30件の講演予約は主催者のイベント開催中止によってすべてが取り消しとなった。講演業務は事務所の主力事業なのでそのダメージは大きく計り知れない。長期戦となるであろうこの状況で、世の中の回復を待つには事務所の体力が持たない。新規事業分野への進出はリスクが大きい。さりとて、家族を含めた生活がかかっているので事業を安易に収束させるわけにはいかない。変数の多すぎる方程式をどこから解いたら良いものか、途方に暮れる日々が続いた。

重い病気に出会って大きな後遺症を抱えて普通の生活ができなくなった。仕事がなくなった。友人を失った。父親を見送った。自分を支えてくれていた大切な柱が一つずつ外されていく。

今までの当たり前の忙しさがどんなにありがたいことか、仕事がなくなって初めてわかるのである。

〝時間ができたときにじっくり考えよう〟と、よく言うが、実はあれは逃げのための言い訳で、時間ができてもヒマになっても手をつけることはほとんどない。また、何もすることがないときは良いアイデアも浮かばないのである。むしろ、仕事に追われて活況なときほど頭もよく働いてひらめき、身体も素早く反応するものである。そして、結果の出来栄えも想定以上のものになる。右肩上がりの勢いがあるときは何をやってもうまくいくものである。こんなとき、周囲には、「あの人、ノッてるねぇ」と、輝いて見えるのである。

毎日の生活の中で、当たり前だと思っていたものを失って初めて、そのかけがえのないありがたさに気がつくことがたくさんある。仕事、家族、健康、友人、そして希望。失ったものを取り戻すのではなくて、前を向いて乗り越えていく勇気を持ちたい。

コロナを越えて

集客施設での公演がコロナウイルス感染の原因になるとして全国で開催が中止となった。再開後も定員の半分程度に絞って、諸条件を付けて許可されている。諸条件とは、検温、消毒、マスク着用、大声禁止、などである。大相撲や野球中継を見ても、本来の見る楽しさを封印した違和感がある。

先に出演した落語講演会では、高座の周囲にアクリル板を設置して、客席は一席ずつ空席を作って、冒頭に司会者から、「大声で笑わないように」と注意があって、「さあ、どうぞ」。どこかが違う。何かがおかしい。そんな戸惑いを落語に仕上げた。題して、「いのちの落語――コロナを越えて」。紙上公演なので、マスクもせずに、検温も消毒もしないで大いに笑っていただきたい。

２０２０年に世界中に蔓延しました新型コロナウイルス、当初はワクチンもなければ治療薬もなかった。ですから何が効果的な対処法なのか誰もわからない。いつどこで誰が感染してもおかしくはない。そして、命の危険が目の前にある。これ、暗黒時代ですよ。私、インフルエンザもそうですが、以前から思ってるんですが、ウイルスに色がついていて、それをもらった直前の人のマイナンバーが表示されたらわかりやすくていいな、と。マスクを外したら内側に黄色で番号がべったりと。「アッ、これ、あいつだ」。きれいごとじゃ済まないですね。きっと世界戦争になりますね。そして孫子《まごこ》の代までその怨念が残りますよ。やっぱり、情報源はわからないほうがいいのでしょうか。

みなさんは、このコロナ禍をどうお凌ぎになったでしょうか。生活が変わりましたよね。全国に緊急事態宣言ですよ、あんなの初めての経験です。今まで当たり前だと思ってたことが当たり前じゃなくなったんです。そりゃ、戸惑いましたよ。会社に行くな、電車に乗るな、学校に行くな、毎日家でじっとしてろ、でしょ。スーパーへ買い物に行っても、〝ソーシャルディスタンス〟だっていうんです。ディスタンスっていえば、星空でしょ。テレワークなんてやれる境遇の人はいいですよ。その日から収入がなくなる人がたくさんいるんですから。家族が生活できなくなる。国が無利子無担保でお金貸します、ったって借りたお金はいつか返さなきゃならない。返す当てがないから借りられない。

でもね、日本人、特に民間人て、すごいなと思いましたよ。どんなに窮地に追い込まれようと、生きる知恵と行動力を持ってますよ。生活支援情報のネット検索をしてたら、ある日、「オンラインスナック横丁」というサイトを見つけたんです。

この緊急事態宣言下で、飲み屋さんが営業できなくなった。そこで、志ある全国のスナックのママさんたちが立ち上がったんです。オンラインで店を開こう、と。ただ、お酒はお客が自前で用意する。じゃあ、仕事仲間や友人たちとのオンライン飲み会とどこが違うのか。ここが仕掛けなんですね。

一つ目は、小粋できれいなママさんをオンラインで一定時間独占して話ができる。これ、お店に行ってもなかなかできませんよ。すごい仕掛けです。

二つ目は、ママさんは仕事柄〝聞き上手〟なので疲れを癒してくれる。「ママも一緒に飲んでよ」と、チャージボタンを押して頼めば画面の向こうで乾杯してくれる。

〝スナックママのサシスセソ〟というのがあるんです。知ってますか。話の聞き方とか相手を気持ちよくさせる話術のコツですね。

サは〝さすがですねぇー〟

シは〝知らなかったですぅー〟

スは〝すごーい〟

セは〝せんせぇー〟

ソは〝そうなんですかぁー〟

何があっても表情豊かに驚いて見せるんです。相手が優越感を持てるように相槌を打つんです。間違っても「それ、知ってます」とか「なーんだ」なんて応対は絶対にNGです。

三つ目は、オンラインだから全国のスナックにいつでも簡単に飛んで行ける、ということ。「オンラインスナック横丁」のホームページには、北海道から沖縄までのスナックのママの写真がお店のボトル棚を背景にずらっと並んでいます。目移りしますよ。で、予約料金さえ払えば、今日は札幌、明日は博多、と自在に全国のスナックを飲み歩くことができるんです。ママさんにとっては、お店は休業状態ですから、オンラインでつないだ時間はすべて収益です。お酒はお客さんが自分で用意をするから材料費はかからない。見事な仕掛けですね。ここで気がついたんです。私もやってみよう、と。

がんの治療中であったり定期検査で結果待ちのときというのは、精神的に大いに不安定なものです。一人でいると良いことは考えない。頭に浮かんでくるのはつらくて嫌なことばっかりです。再発してたらどうしよう。最近、景色が二重に見えることがある、脳に転移してないだろうか。朝起きたら首が痛い、骨に転移してるかも。家族に話すと騒ぎが大きくなるので話せない。夜、目を閉じても寝付けない。真夜中にそっと起き出してパソコンの電源を入れる。気になるキーワードをいくつか打ち込んで検索ボタンを押す。たくさんの情報が飛び出してくるんですが、どれも内容が空々しく響いて今の自分には役に立たない。そんなときに目に留まるのが、同じ病気の治療を経験している先輩の〝つぶやき〟なんですね。

「咳が出ると気になるよね。定期検査って、結果の診察を待ってる時間が一番つらいよね。そんなときは、私は思いっきり仕事をしています。それも力仕事や事務作業がいい。できるだけ考える時間をなくすことですよ。休日は、ワンちゃんと思いっきり真剣に遊ぶんです。本能で生きてる動物が輝いて見えるんです。私もこんな風に生きよう、ってワンちゃんが教えてくれるんです」

こんなブログを見つけたとき、「これだ」と、電流が走ったような衝撃を受けるんです。自分より前を歩いている先輩と話をしよう、と気づくんです。これは家族も同じです。家族には家族のつらさや苦しさがあるんですね。

そこで、このご時世に合わせて、〝オンラインスナック横丁〟にヒントを得て、〝オンライン深夜がんサロン〟を開設することにしました。これは、落語の中でのお話です。このサロンでは悩みごとの相談には乗りません。私は医療者やカウンセラーではなく占い師でもありません。

あなたの〝独り言〟にオンラインでお付き合いをします。自分で独り言を続けるうちに自分の進むべき道に気づいていく、という仕掛けです。でも、この自分で気づく、ということが一番強いのです。教え諭されたことは身につきません。自分で決めたということが自分を強くしていきます。そのお手伝いをするのが、この〝オンライン深夜がんサロン〟です。

開設時間は深夜12時から明け方5時まで。予約不要、空いていればチャージボタンさえ押せばすぐにつながります。

そんな真夜中に利用者がいるのかい、って言いたいんでしょ。それが結構忙しいんですよ。前に言ったように、悩んで悩んで眠れないのが深夜なんです。ほらっ、チャイムが鳴って緑のランプが点滅しだしました。

「お待たせしました、〝オンライン深夜がんサロン〟です。あなたの独り言にお付き合いします」

「あのぉ、ここしばらくずっと悩んでまして、今夜も眠れないので思い切ってこのオンラインをつないでみたんです。で、声だけで、アイドルネームでもいいですか」

「ご自由で結構です。こちらも録画録音は一切いたしません」

「名前はペコちゃん、主婦です。年齢は30歳を行ったり来たりで20年が経ちました」

「いえ、そんなギャグは要りません。ホントに悩んでるんですか」

「ええ。こんなのを織り交ぜて話さないと気が滅入るんです」

「なるほど。では、50歳のペコちゃんさん、その調子で独り言を進めてください」


「実は、夫は今入院中です。肺がんなんです。病状は、検査ではステージⅡだったんですが、手術をしたらリンパ節への転移がたくさん見つかってステージⅢになりました。私は先生に呼ばれました。『ほどなく身体のあちこちにがんが転移すると予想されます。そのときは治癒に向かう治療は難しく、長く生きることも厳しいと思ってください』、と言われました」

「つらいですね。私も同じような道を歩いてきましたのでよくわかります」

「そうなんですかぁー。わかってもらえそうな人にやっと出会えて気持ちが少し軽くなりました」

「今のお悩みは、今後の治療法について、ですか」

「いえ、違うんです。悩んでいるのは、手術後に先生に呼ばれて私だけに伝えられたことを、夫には言ってないんです。命の終わりが近いということを、伝えるべきか言わないほうがいいのか、それを迷って悩んでつらいんです」

「ペコちゃんさん、これ、ずっと一人で抱えてたんですか、強いですね」

「私、強くないんです。すべてを正直に話して治療に集中してもらいたい、私はそれを支えよう。いえ、残された日がほんとに少ないのなら、その日々を平穏に過ごさせてあげたい。誰にも相談できずに一人で苦しんでました。ワラにもすがる思いです」

「私はワラ、ですか。いえ、独り言です。これ、決定を急ぎますよね。私が本人の立場だったら、時間が経ってから知らされると、〝なぜ今まで黙っていたのか〟と、余計な詮索をして疑って、夫婦の間に深刻な溝を作ってしまいます」

「なるほど。さすがですね、せんせぇー」

「ええっ、それ、こっちで用意してたセリフなんですが。〝さ、せ、そ〟、もう三つ使っちゃいましたね。あなたの方がお上手ですね」


「どう考えたらいいでしょうか」

「立場を替えてみてはいかがでしょうか。あなたががんのご本人だったら夫や家族にどうしてほしいですか。そう考えてみてはどうでしょうか」

「あぁ、なるほど。私が夫の立場だったら、すべてをありのままに正直に話してほしいです。私の命です。その命をどう生きるかは、すべてを知ったうえで私が自分で決めたいです。その姿を、自分を支えてくれる夫や家族に見ていてもらいたいです。どっちの道を選んでも、最後は『ありがとう』と笑顔で家族に言いたいです」

「ほら、答えはもう出てるじゃないですか」

「あら、ほんとだ。私、家族として、〝何ができるか、どうすべきか〟ばっかりを追っかけてました。答え、カンタンでした。でも、自分の心がこんなにはっきりとした考えを持ってたことにも驚きです、自分を知らなかったですー。今、心がすっごく軽くなってすっきりとした気持ちです。せんせぇー、すごーい」

「いいえ、あなたが独り言を言いながら自分で気づいていったんです。私はそのお手伝いをしただけです。それより、相手を気持ちよくさせる〝さ、し、す、せ、そ〟、あなたは全部を見事に使っちゃいましたね。私も今、0対5で完封されて、清々しい気持ちです。ペコちゃんせんせぇー、すごーい」

「急にお腹が空きました。今からご褒美にオムライスを作ります。それではオンラインを退出します。あっ、その前に、シメにエアビールで乾杯しましょ」

ペコちゃんさん、きっとこれから強くなりますね。生きることへのこだわりが見つかりました。いのちの最大の価値をその長さに求めている間は、何をやってもどこまで生きてもつらさや苦しさがついて回ります。ペコちゃん夫妻がすべてを分かち合って、〝ありがとう〟という言葉に向かって生きていくとき、きっと新しい道が広がっていくと信じます。生き方が定まったら治療法はそのあとから自ずとついてきます。がんとの出会いが、今まで以上に強い夫婦の縁《えにし》を結んでくれるんでしょうね。そして、オチは〝エアビールで乾杯〟でした。しっかりしてます。

また、チャイムが鳴って緑のランプが点きました。今日は続きますね。もう深夜の3時です。

「お待たせしました、〝オンライン深夜がんサロン〟です。あなたの独り言にお付き合いします」

「あのぉ、最初にお聞きしたいんですけど、このサロンの話題は、がんに関することだけでしょうか」

「いえ、このサロンは独り言のお付き合いです。独り言がその時の勢いでいろんな方面に飛ぶことはよくありますので、ご遠慮なくお話しください」

「わかりました。では、最初に私のプロフィールをお伝えします」

「どうぞ、お話しください」

「職場では〝ノンちゃん〟って呼ばれてます。性格や行動がのんきでのんびりなせいでしょうか。今を盛りに咲きにけり、花の独身です。先日、成人式を迎えました、10年くらい前かな」

「それ、先日って言うんですか。いえ、先をお続けください」

「画面は〝顔出し〟でお願いします。そのほうが解放感があるので」

「承知しました。では、こちらの映像を送ります。ノンちゃんさんからも届きました。これで準備完了です。余計なことですが、今の場所はホテルの一室でしょうか」

「はい。自治体が用意してくれたビジネスホテルに長期滞在しています。私、新型コロナウイルスの治療をしている指定病院の看護師なんです。治療の最前線の救命ＩＣＵ（集中治療室）で働いて1年になります。重症患者さんとの命がけの毎日です。今週は夜11時上がりのシフト勤務で、今夜は12時を過ぎてホテルへ帰ったんです。疲れ切ってるはずなのに神経が高ぶって頭が痛くて寝付けなくて、〝深夜がんサロン〟を見つけたのでつなぎました」

「お疲れさまです、というような軽い言葉では失礼な気がします。食事はどうしてるんですか」

「いつもコンビニ弁当です。家族や友人には会わないです。感染リスクを避けるためですが、家族が風評被害に遭うこともつらいので自宅には帰りません。母が時々差し入れてくれる手作りの弁当が唯一の楽しみです」

「ノンちゃんさんはなぜこのたいへんな仕事を続けるんですか」

「看護師という仕事を選んだのは、働き盛りの父をがんで亡くしたからです。母とまだ小さかった私の手を、父は両手で握りしめて、『ごめんな』って、言ったんです。その父の悔しそうな顔を今でもはっきりと覚えています。コロナウイルス治療の救命ＩＣＵ室勤務を志望したのは、懸命に生きようとする命に寄り添いたい、という使命感でした」

「ノンちゃんの愛称の由来、間違ってませんか。しっかりとした生き方ですね」

「独り言は飲みながら、でいいですか。一緒に飲んでいただけますか。私はウイスキーをロックで」

「では、同じものを」

「今日の一日に、乾杯。私、明日病院に退職届を出すつもりなんです」

「ええっ。どうしてそこへ飛ぶんですか。何があったんですか」

「今日、心が折れました。もうこの仕事を続けることは、私にはできません。ＩＣＵの患者さんは毎日生死の境をさまよい続けています。今は効果的な治療法も特効薬も何もないんです。本人の力で回復していくのを待つしかないんです。私はそばにいながらその患者さんに何もしてあげられないんです」

「過酷な現場ですね」

「職場のＩＣＵに入るときは、感染防止の防護服で重装備します。顔は宇宙飛行士のようなマスクを頭からかぶります。重量が１キロもあるので動き回ると重さで首が痛くなるんです。一度ＩＣＵに入ると次の交代まで５時間です。休憩もありません。トイレにも出られないので紙おむつを何枚も重ねてつけています。毎日がその繰り返しです。でも、日々悪化していく患者さんを前に、笑顔を届けてあげたり手を握ってあげることすらできないんです」

「ノンちゃんさんのやさしい声は、きっと患者さんに届いていますよ」

「先日、もうすぐ意識がなくなる55歳の男性の患者さんに、奥さんとつながったタブレットを渡しました。二人だけの時間を過ごしてほしかったんです。会話がかすかに聞こえてきました。

『元気になれずに、ごめんな』

『もう頑張らなくていいのよ』

父の姿と重なりました。この患者さん、今日亡くなりました。この病気の前では、理想とする看護はできません、あまりにも無力な自分に気がついたんです」

「今日はつらい日でしたね」

「今日まで心身のバランスをとって使命感を支えてきたんです。先に身体が折れたときは治療をして治せるんですが、心が先に折れたときは無理です。それに、〝生きようとするいのちに寄り添いたい〟という使命感だけではこの仕事、続かないんです」

「このウイルスには今は世界中が無力な状態です。ノンちゃんさんの責任ではありませんよ。それより、最後の二人だけの大切な時間、あなたがいなければできなかったかもしれません。すごい仕事をしてるじゃないですか。笑顔は見えなくても、魂からさけぶあなたの声はきっと届きます。自分に自信を持ってください」

「自信なんて、とても」

「ノンちゃんさんの明日は、どんな日でありたいですか」

「いつも今日が精いっぱいで、明日のことまで考えたことはないです」

「私も独り言を言ってもいいですか。私は、ひどく落ち込んだり気が滅入ったり腹立たしいことが長く続くときは、一人でしゃべり続けます。思いつくままにしゃべってます。いつの間にか舞台で自分が一人芝居をやっている光景が見えてくるんです。他にすぐにできるのは、肩の凝らない本を音読することです。リズム感のある文章は、声に出して読むとテンポが良くて、自分の声で元気が出てきます。声に出すことです。考える時間を作らないことです。あてもなく歩き続けることもあります。疲れるまでひたすら歩くんです。そのあと、シャワーを浴びてビールを飲みながら、『わたしの明日が笑顔の一日でありますように』と、明日の自分に最高の笑顔でエールを送るんです。何があっても最後は明日へつなぐこの言葉に希望を託すんです。そして、布団に入ったら、もう爆睡です」

「へぇ。それ、私もやってみたいです。一人でしゃべって自分の好きな世界をさまよって、思いっきり身体を動かして、〝わたしの明日が笑顔の一日でありますように〟、ですか。すごく元気が出そうです。それに、いい言葉ですね」

「これ、私もテレビからヒントをもらったんです。以前に夜の11時過ぎに、NHKで〝ニュースきょう一日〟という15分間の短い番組がありまして、キャスターの井上あさひさんが毎回控えめな笑顔を添えて、〝あなたの明日が良い一日でありますように〟、という言葉で番組を締めくくるんです。深夜だからこそ成立した企画でしょうが、笑顔をセットにしたこの言葉に力をもらいました。それで、自分なりのセリフにアレンジして生活の中に取り入れたんです」

「これ、私も今からやります。そして、明日の自分に笑顔でバトンを渡してやります。なんだか急に元気が出てきました」

「それはよかった。で、ノンちゃんさん、もう一つ、悩んでたことがありましたね」

「あっ、退職届ですね。明日目が覚めて起きたときに、どうするか決めます。長い時間の独り言に付き合っていただいて感謝しています。でも、今夜のこの時間は私の人生の大きな分岐点だったような気がします。悔いのない道を選べそうです。先を急ぎますので、これでオンラインを退出します。ありがとうございました」

「自分で見つけた新しい人生の道中、お気をつけて」


気がついたら、もう明け方の5時です。漆黒の闇が少しずつ白み始めました。今日は濃い一日でした。そして、力いっぱい生きた、という手ごたえがありました。今日はこれで店じまいです。笑顔を添えて明日にバトンを渡します。

『わたしの明日が笑顔の一日でありますように』

第二章

魂のさけび

15、16、17……

いつも利用する駅の改札口へと昇る階段。頭の中で段数を数えながらゆっくり進む。ホームへ降りる階段の数も頭に叩き込んである。目に映る景色がぼやけて正常には見えない。遠近感に乏しく目の前の段差がわかりにくい。暗くなると足元は見えない。この症状は、さらに悪化していくが、もう治ることはない。

緑内障である。この病気とは25年の付き合いになるが、ついに毎日の生活にも大きな支障が出るようになった。手元には身体障害者手帳と白い杖がある。重度の視覚障害者である。目が不自由になって日常生活が一変した。これまでにもたくさんの大きな衝撃を味わって、人生の分岐点を幾度となく経験してきた。そして今また、やり直しのきかない大きな分かれ道の前に立っている。

本章は、樋口強の波乱の人生を、過去の著作などにない未公開情報を中心に展開する蔵出し編である。そのときそのときに自分の心と対峙して、「お前は生きて何がしたいのか」を問い続け、苦悶しながら生きる希望をつかみ取る姿を描いていく。後戻りのできない人生の分岐点を、自分であればどうハンドルを切るだろうか。是非、一人称で読み進めていただきたい。

人生最初の大失敗

私は幼少期を兵庫県姫路市で過ごし育った。小学生の頃は、桜が満開になる姫路城で写生をして、帰りには児童みんなで城内の掃除をして、ご褒美にお城の写真がプリントされた小さな定規をもらうのが毎春の楽しみな行事だった。

１９６４年（昭和39年）、私が小学６年生の頃、当時は市内のほとんどの小学校で鼓笛隊を編成しての音楽活動が盛んで、運動会での演技や地域行事への参加などで注目を集めた。私はシンバル奏者に抜擢されて、最前列で大太鼓とともに隊列をけん引した。マーチ演奏ではシンバルがリズムをとるための重要な役割を担う。中でも「君が代マーチ」は、シンバルの最初の豪快な三連音を合図に演奏が始まる。奏者にとっては、緊張はするが見せ場でもある。あるとき、数曲連続演奏の際に、私が「君が代マーチ」の曲順を間違えて最初のシンバル音が出なかったことがある。その途端に全体の演奏が滅茶苦茶になって鼓笛隊は総崩れとなり、監督の先生や周囲の仲間たちから笑いながらも冷たい視線を痛いほどに浴びた。集団演技では自分の不注意がチームの大きな失敗につながることを、子供ながらに身をもって初めて知ったのである。この経験は今でも鮮明に覚えている。

還暦など人生の節目には同窓会の案内状が届くことがある。自分の人生の一コマを思い出したく故郷に向かう。
「いやぁ、あんた若いねぇ。年いくつ」

「同窓会だよ」

「おれ、今年で還暦なんだよ」

「みんなそうだよ」

集団検診を受けたほうがよさそうな怪しげな会話があちこちで続いている。そして、私に向けられた一言がこれである。

「お前のシンバルで、みんなずっこけたことがあったよな」

50年経っても覚えているのである。こうしていつまでも語り合える友がいる。顔を見ればすぐに12歳に戻れる友がいる。人生の財産である。そして、小さい頃の失敗や間違いは、それが大きければ大きいほど、のちの人生を豊かにしてくれるものである。

時速200キロ

1964年、最初の東京オリンピックが開かれた年である。昭和30年代後半から続く経済の急速な高成長に支えられて日本中が活気づいた。頑張った分だけ生活が豊かになり家族みんなが楽しくなれることが日常生活で実感できた。普通の家庭に電話がついてテレビがやってきた。家族みんなで一緒にご飯を食べながら、「今日はテレビ何を見ようか」と、共通の話題でにぎやかな食卓があった。家族が笑顔になれる幸せを続けるために、お父さんはまた外で頑張った。すべての活力の原点は、この〝家族みんなが笑顔になれる平凡な家庭〟である。これは時代が変わってもいつの世も同じである。昨今の国家政策には、この視点が見失われているように感じる。

この年、10月1日には念願の東海道新幹線が開通した。こどもたちがあこがれた〝夢の超特急〟である。10月からの開業に向けて試運転が行われた。夏休みには小学生を対象に、その試運転列車への試乗会が企画された。私は極めて高い倍率を制して運よく当選した。そして、手元に父兄同伴による試乗招待券が届いたときは、飛び上がって喜んだ。今から振り返ると、私の少年時代の運を、この大きなプレゼント獲得に使い果たしたように思う。

試乗の当日、父と一緒に立った新大阪駅ホームには、真っ白な車体に濃いブルーのラインを引いた真新しい列車が滑り込んできた。日本の鉄道の歴史の中で、白い色の車両というのは、汚れやキズが目立つことからそれまでの発想にはなかった初めての挑戦である。斬新で洗練されたデザインと新車のにおいのする新幹線列車が、ホームに書かれた停止位置にピタリと止まった。この瞬間を待ちに待った小学生たちから大きな歓声が上がった。とにかく、すべてがかっこいいのである。世界に誇る日本の最先端技術を結集したこの新幹線を目の前で見て、運転士になってその技術を実感したい、と胸が熱くなった。

車内は広くて長くて明るく、座席が通路をはさんで2列と3列という新しい発想にも驚いた。営業運転前のため、座席にはビニールカバーがついたままである。運よく窓側の席に座れた。父と話をしていたら、列車はいつの間にか発車して駅のホームが動いている。静かに滑り出したのである。

「えっ、発車するとき、ガタンって揺れないんだ」

体験して感じた衝撃の感動であった。

「ただいま、この列車の走行速度は、時速200キロに達しました」

車内アナウンスに、「オォー」という歓声と大きな拍手が沸き上がった。窓の外は景色が飛んでいくのに、車内ではほとんど揺れないし歩いてもよい、シートベルトも要らない。これが時速200キロの世界なのか。私は無意識に両足を床に踏ん張っていた。

二学期になって、夏休みの体験発表の時間に、私は新幹線試乗会の体験を証拠の記念写真とともに発表した。10月1日の営業運転開始前なのでお金を出しても買えない貴重な体験である。壇上で臨場感豊かに話す体験談が話題を呼び、一躍小学校のヒーローとなってしまった。

短い時間で自分の経験や感情をいかにしてわかりやすく相手に伝えるか。

「楽しかった」

「速かった」

「とにかく、すごかった」

これでは自己満足で終わって、相手に何も伝わらない。

「発車のとき、ガタンと揺れない」

「いつの間にか駅のホームが動いている」

「景色が飛んでいく」

「オォーと歓声が上がった」

相手が脳裏にその情景を浮かべてくれるような表現が説得力をもつ。子供心に自分が見たまま感じたままを表情豊かに話したことが良い結果につながったのであろう。私はこの頃から人前で話すことの楽しさと喜びを無意識のうちに感じ始めていたようである。


イタリアのミラノ空港に降り立ったとき、妻が言った。

「すごい、外国人ばっかりだね」

「あんたが外国人なんだよ」

これは、「あっ、駅のホームが動いてる」と同じ発想である。

いつでもどんなときでも、自分中心でいたい。

今日の主役は太陽

そして、10月10日、第18回オリンピック東京大会が開幕した。聖火は日本中を駆け巡った。姫路城に到着する聖火を、私は鼓笛隊の一員として城下大手前広場で「史上最大の作戦のマーチ」を演奏しながら待ち受けた。母は地元婦人会社中で東京五輪音頭を踊って楽しんだ。みんなが主役となってオリンピックに参加して堪能した。

1964年10月10日、第18回オリンピック東京大会開会式の日。東京は前夜まで激しい大雨が続き、開会式の開催が危ぶまれた。誰もが中止を予想した。しかし、当日の朝になると、東京の空は見事に晴れ上がった。NHKの鈴木文弥アナウンサーは実況放送の冒頭でこう切り出した。

「待ちに待った開会式、今日の主役は、人間でも音楽でもなく、それは太陽です。抜けるような青空、透き通るような秋空です」。

そして、古関裕而作曲のオリンピックマーチに乗せて選手団の入場が始まった。この鈴木文弥アナウンサーの実況が見事に素晴らしく、子供心に強く感動して、話す技術への魅力を感じたのである。後年、落語というソフトを身につけるきっかけとなったのがこの実況放送である。小学6年生の私は録音したこの放送を何度も聞き返しているうちに覚えてしまった。オープンリールの録音テープはなくなってしまったが今でも体が覚えている。きっと今聞いても旧国立競技場の情景が浮かんでくるはずである。その名文句、ネットで検索しても出てこない。覚えている限りで紹介しよう。小学生のときに出会い、人生にいつも寄り添ってくれた私の大切な宝物である。

「……いよいよ最後、94番目。日本選手団410人、行進に参加する378人の入場であります。防衛大学校学生の持つ〝JAPAN〟、日本のプラカードが目に入ります。水泳の福井誠選手の持つ大日章旗が目に映ります。そして、選手団のスカーレットのブレザーと白いズボンが目に飛び込んでまいります。見事な色彩感です。栄光への道を求めて苦しい試練に耐え抜き、そして今、堂々と胸を張って歩く日本の若者。勇壮なオリンピックマーチのリズムに乗って行進を続ける選手諸君の胸の底には、アジアで初めて開かれる史上最大のオリンピック主催国としての日本の誇りと感激が燃え続けていることでありましょう。

……見えた、見えました、白い煙が。聖火が入ってまいりました。赤々と燃え上がるオレンジ色の炎、かすかに尾を引く白い煙、選ばれた最終ランナー坂井義則君が颯爽と入ってまいりました。この瞬間をどんなに待ちわびたことでありましょう。右手に聖火を掲げ、流れるようなロングストライドでトラック中央を走る坂井義則君。戦後の日本とともに育ち、戦後の日本とともに明るくたくましく成長してきた19歳の青年が、力と美を集結して堂々と走ります。聖火台へと続く163段の階段を一気に駆け上がります。高さ2メートル10センチの聖火台、左側にその姿を現しました。右手に高々と掲げる聖火。昭和39年10月10日、午後3時9分30秒。世界の目と耳がこの一瞬に集まります。いよいよ点火であります。今点火されました。燃える、燃える、燃える、赤々と燃える聖火。世界を走り抜け日本中を駆け巡ってきたギリシアオリンピアの聖なる火は、今初めてアジアの国、日本の東京の空高く、新しい生命を得て燃え上がりました」

私の人生、主役は私である。

何でオレだけが

中学3年生のとき、生徒会長を務めた。立候補した立会演説会では、言葉や表現で相手に感動を伝えるこのオリンピック放送をお手本にして語りかけた。美しい日本語、知性的な表現、耳に心地いいリズム感、ハキハキとしたしゃべり方と聴衆を引きつける間の取り方、聞き手と一体になって感情が高ぶっていく展開。おけいこのときも演説中も頭の中にはこの鈴木文弥アナウンサーの東京オリンピック実況放送が流れていた。そして、全校生徒から圧倒的な支持を集めて生徒会長に当選したのである。

高校受験では、その年から全国に先駆けて〝兵庫方式〟が採用された。科目別試験を廃止して総合問題に変更し、入試での一発勝負を避けて、中学生活での充実度を評価した内申書を重視するという方式である。担任の先生は、「日頃の生徒会活動や定期テストの安定した好成績から、どの高校を受験しても合格できる」と太鼓判であった。そこで、地元で最難関の県立高校を受験した。試験当日は安心感からか緊張感が緩んでいた。

合格発表は高校の校庭である。一人で見に行った。自分の受験番号は暗記している。その番号だけを追いかけた。ない。掲載ミスでどこかに自分の番号が紛れ込んでないか、と今度は最初の列の上から一つずつ確かめたが、ない。記憶違いかと、ポケットから受験票を取り出して照らし合わせたが、見つからない。結果は見事、不合格。当時は補欠入学の制度もない。各中学校で受験調整しているため競争率は低くなっていて１・０５倍。数少ない不合格者の中になぜ自分が。当日試験の出来がそれほどまでに悪かったのか。家では母が息子からの電話を待っている。それを受けてすぐに父の職場に知らせる段取りになっている。電話、できない。なるべく人通りの少ない道を遠回りしながら、帽子を目深にかぶり歩いて家にたどり着いた。

時計店を経営する叔父は、当時新発売で人気が高く、品切れ続出の日付曜日入り腕時計を、入学祝に受験前から取り置いて用意してくれていた。仲の良かったグループのお母さんたちが、「全員が合格したらみんなでお祝いのパーティーをしよう」と、受験前に励ましの企画をしてくれた。「樋口君だけは絶対に大丈夫。一番危ないのがうちの子」。すべてのお母さんがそう言っていた。そのグループの中で不合格だったのは、自分だけであった。

何でオレだけが。

小学中学と陽の当たる道を追い続けた学校生活であったが、その行き着く先がこれなのか。高校入試不合格という評価で自分を否定されたショックは大きかった。それまでのすべての行動や存在が否定されたと、心が折れた。中学3年生の最後で味わう人生で初めての挫折である。深夜に父と母が居間で話している声がかすかに聞こえてくる。

「同級生が高校に通学する姿を見たら、つらいだろう」

人生初めての挫折。このときのつらさは今でもはっきりと覚えている。

急がなくていい

１９６８年、当時売り出し中の私立進学校に入学して高校生活を送った。親には教育費で大きな負担をかけることになった。数年前に家を新築したが借入金の返済が続いている。父は国鉄職員で、子供は私と６歳下の妹の家族４人、生活にそれほど余裕はないはずである。母が近所の工場へパートに出るようになった。私の気持ちを察するかのように父が言った。

「必ず大学へ行くんだぞ。そして、社会に役立つ大きな仕事を見つけなさい。急がなくていい」

父は６人兄弟姉妹の長男で、家族の生活を助けるために戦前の高等小学校を卒業してすぐに仕事に就いた。勉学できなかったくやしさと組織社会での学歴のないつらさを、身をもって感じていた。その思いから息子に夢を託したかったのだろう。母はパートで外の世界に触れて付き合いが広がったことで、明るく生き生きとしてきた。忙しい毎日を楽しんでいるようであった。

人生、急がなくていいんだ。

初めての親孝行

1971年4月、進学校で鍛えられて新潟大学法学部に入学した。地方の国立大学の良さは、地域の人たちに支えられながら広大なキャンパスでのびのびと人格形成ができることである。そして何よりも、学費が安かった。当時は、国立大学の授業料は月額千円、入学金が6千円。それだけである。私大と比較すると桁違いに安かった。父が言った。

「えっ、ほかに寄付金とか施設拡充費とか積立金とか、何もないのかい。授業料も保育園の月謝より安いんだね」

大きな重荷から解放されたような父の言葉が明るかった。初めて親孝行をしたようである。

高校までは理屈はわからずとも丸暗記さえすれば学業は何とかなった。しかし、真理を追究する大学研究では論理的なものの考え方に加えて、〝ひらめき〟が大切になる。ところが自分にはこのひらめきがない。なかなかひらめかないと感じていた。

ある日、大学構内の掲示板に貼ってあるポスターに目が留まった。公開講座「素晴らしい日本語」。国文科主催である。総合大学の良さの一つは、他学部の情報や学生と出会えることである。価値観や判断基準が違うので自分の視野が広がる。社会での異業種交流が大学で実践できるのである。

公開講座に興味がわいたので聴講することにした。国文科主催だけあって女子学生が多く教室は色彩豊かで華やかである。論理とひらめきが必要なお堅い講義かと思ったが、さにあらず。「素晴らしい日本語」の実例として取り上げられたのが、落語であった。ネタは『そば清』。これは江戸落語なので、関西育ちの私は初めて触れる落語である。講義では、美辞麗句や韻やリズムだけでなく、言い回しや伝え方を通して日本語の巧みさと素晴らしさを評価して、この豊かな表現ができる言葉を母国語として持つ私たちは誇りと幸せを感じよう、とまとめていた。

私は、この『そば清』という落語の作り込みの見事さに衝撃を受けた。短時間に四幕の舞台映像を鮮やかに見せながら、聞き手の興味を膨らませて心を揺さぶり翻弄しながら、その期待感が最高潮に達したところでどんでん返しのオチが待っている、というスケールの大きな噺である。私は、この『そば清』との出会いによって、落語という言葉の芸術で人に感動を届けたい、という思いを強く抱くのである。そして、長年に亘って精進を続けながら後年、「いのちの落語」という独自の世界を創り上げていくのである。そのきっかけとなったこの噺のエッセンスを活字にして味わっていただこう。

そばが羽織を着て座ってた

そば好きの清兵衛さん、そばが目の前にあれば何枚でも食べられる。江戸っ子連中がその自慢の鼻をへし折ってやろうと無理な枚数で賭けをするが、いくら積み上げてもいつも清兵衛さんが勝ってしまう。信州へ旅をした清兵衛さん、山中で道に迷い込んだ。大きな木の下でうたた寝をしている猟師を見つけたので道を尋ねようとした矢先、木の上から体長が人の数倍はあるほどのウワバミがドスンと落ちてきて、その猟師をひと呑みにしてしまった。腹が膨れ上がったウワバミはさすがに苦しそうにもがいたが、やがて木の下に生えている赤い草を食べ始めた。すると膨れたお腹は急に小さくなって、ウワバミは何事もなかったかのように山の奥に消えて行った。一瞬の出来事であった。我に返った清兵衛さん、「これだ」と気がついて、その赤い色の薬草を摘んで持ち帰った。

久しぶりに馴染みのそば屋に顔を出した清兵衛さん、常連の若い衆に「今度は五十枚でどうですか」と声をかけた。枚数も賭け金も今までの倍である。若い衆たちは、勝てるとわかっている勝負を断るはずがない。借金までして賭け金を用意した。清兵衛さん、二十枚、三十枚までは今まで同様にペロリ。ところが四十枚は未知の領域、ついに四十五枚目で肩で息をするほどに苦しくなってきた。

「清兵衛さん、もうおやめなさいよ。体に毒ですよ」

「いいえ、まだいけます。ほんの少しだけ屏風の後ろで一息つかせてください」

清兵衛さん、屏風の陰に行くと、信州の山中で摘んだ赤い色の薬草を食べ始めた。

「清兵衛さん、そろそろ続けましょうよ」

若い衆が呼んでも返事がない。おかしいな、と屏風の裏を覗いてみると——
そばが羽織を着て座ってた。

この噺の壮大なオチについて種明かしをしよう。解説が不要な読者はスキップしてオチの余韻を楽しんでいただきたい。

つまり、ウワバミが食べた赤い草は、人間を溶かす薬草だったのである。

この噺のオチをもう一度。

「そばが羽織を着て座ってた」

親のことは心配するな

大学院に進んで学究の道を目指そうか、メーカー企業に就職してモノづくりの喜びを求めようか、その後の人生を左右する大切な選択に悩んだ。それぞれに強い魅力があった。そのとき、父の一言が心強い後押しをしてくれたのである。姫路駅前の居酒屋で、二人で飲んだときのことであった。

「世界を相手に大きな仕事を存分にやれ。親のことは心配するな、地元には帰ってこなくてもよい」

自分がやりたかった夢を子供に託す。しかし、一人息子の人生を縛りつけたくはない。社会に出ていく息子へのはなむけとして選んだ言葉がこれである。父が自分自身に突きつけた決意でもあろう。

この一言が決め手となった。人生の分岐点であった片方の道がすっと消えて、一方の道が急に大きく鮮やかになって目の前に広がったのである。

覚悟をもって言ってみたい言葉である。

「自分が決めた道を進めばよい。親のことは心配するな」

仕事がしたいんでしょ

１９７５年、東レに就職した。新規事業立ち上げの企画管理業務に長年携わった。中でもエレクトロニクス事業には大きな期待と不安が付きまとう。それを数字で定量化して関係者の共通認識につなげるのが私の役割である。世界の半導体市場の需給状況を定点観測しながら、時には買収や技術提携で海外の先端企業を相手にする。１週間に二度サンフランシスコを往復したこともあった。そして、この事業が軌道に乗れば世界の文化と生活が一変する、という壮大な夢と希望があった。モノづくりに参画する喜びと社会への貢献を実感できたのである。

企画管理部長として業務の裁量と責任が増えながらも、企業人として仕事への満足感と達成感を享受して順風満帆な人生であった43歳のとき、突如として目の前に大きな障壁が立ち塞がった。

がんの告知である。

人間ドックで見つかったのは、〝3年生存率5%、5年は数字がない〟と当時言われた肺小細胞がんであった。早く治療をして早く職場に戻りたい、というシナリオは吹っ飛んだ。手術と抗がん剤治療が1年以上に及んだのである。当面の危機は脱したが、治療による大きな後遺症がたくさん残って普通の日常生活が出来なくなった。感覚神経障害で全身がしびれて身動きができない、てんかんを発症して急に意識がなくなってその場で倒れる、緑内障で視野が狭くなって見づらい、腎機能障害によって排泄しづらい、痛風が出て強い痛みで苦しむ、ほかにもたくさんの症状がある。大量に使用した強い抗がん剤によって、全身のいたるところから不都合が噴き出して普通の日常生活が困難になってしまった。

そんなときに、故郷姫路に住む父と母から連名で手紙が届いた。父のしっかりとした筆跡で綴られていた。

「この苦しさは本人でなきゃわかるもんか、と言いたいだろう。それでも、父にはお前のつらさと悔しさが痛いほどわかる。今は耐えて凌いで辛抱しなさい。母さんは、『あの子と代わってやりたい』と毎日言っている。必ず元気になれる日がやってくる」

親の情とは、いついくつになってもありがたいものである。

一方で、毎日の生活を共にしている妻としてはそうはいかない。がん治療で発症した後遺症によって、茶碗と箸が持てない、自分で服が着られない、歩けない。普通の生活ができなくなった43歳の夫を見て、〝この姿は生きてるとは言わない〟と、妻は思ったという。しかし、治療によって発症した神経障害は今の医学の力ではもう治らない、という。命と引き換えに残された〝おみやげ〟だと考えれば折り合いもつくが、でもまだ43歳、これからが家族を支えて社会に貢献できる年齢である。妻は考えた。そして、体が不自由な夫を介護する三原則を作った。

一つ、食事は自分で食べること
二つ、服は自分で着ること
三つ、自分の力で歩くこと

保育園児に教えることとまったく同じである。違うのは、これらができないときには罰則がついている、ということである。自分で食べられないときは、〝ずっと、おあずけ〟。服を着ないといつまでも寒いよ。車イスは絶対にNG、独力で歩け。大変わかりやすい手法であった。

当時、テレビなどで紹介された茶碗洗いや洗濯物たたみなどは、この頃に妻が取り入れたリハビリ法である。一切手を出さない介護であったが、けがなどの二次災害が起こらないよう妻はいつもそばで見守っていた。一つ間違えば〝いじめ〟であるが、妻の論理は明快であった。

〝夫の人生を背負う覚悟さえすれば何だってできる〟。

妻のこの一言で私は目が覚めた。

これで、リハビリの目的と内容がはっきりしたのである。

「会社に行きたいんでしょ、仕事がしたいんでしょ」

悩んだり迷ったりしたときは、ここへ戻ってくればよいのである。この言葉が二つ目のいのちの原点となったのである。

砂に入れ

「砂浴に行こうよ、砂に入って体質を変えるのよ」

　妻が言った。強い抗がん剤治療が長く続いたことで、全身に回った毒がまだ残っている。その毒が体内の各所で悪さを働いている。人間には感じないが全身から異臭も放っているようである。その証拠に、夏になっても私には蚊が寄ってこない。私の血を一滴でも吸えば即死するということを蚊は本能で察知しているようである。私の体は全身が蚊取り線香になっている。それはそれでありがたい。薬の血中濃度を上げてその役割を終えた抗がん剤は早く体外に放出しないと次から次に後遺症が出てくる。しかし、体にへばりついた猛毒は多少の水を飲んだくらいでは完全には出て行かない。

その頃に、妻が砂浴健康という情報を見つけた。海岸の砂浜に自分で穴を掘って半日ほど埋まる。太陽と海と大地の大自然が作り上げた砂の力によって体を浄化してもらうのである。天と地がつながる壮大な構図の中に自分の身を委ねる、という砂浴の仕掛けに強く感動した。科学の力に頼って生活をしてきた今までの当たり前の道理にふと疑問がわいた。科学の力でがんを克服するサクセスストーリーは、全世界での長年の研究にもかかわらず未だに描けていない。科学が作った治療の後遺症も、未然に防止する研究は進んだが発症してしまえば治せない。ｉＰＳ細胞も万能ではない。

私のがん治療は、できる限りのことを必要な時期に1年をかけてすべてをやり終えた。すでに手術が適用ではない体にメスを入れてもらった。手術直後での長期に及ぶ多量の抗がん剤治療は無謀と言われた中で計画を完遂した。

肺小細胞がんを抱えていても、普通のことが普通にできるいのちを生きたい。外を歩きたい、電車に乗りたい、喫茶店でお茶を飲みたい、そして仕事がしたい、自宅の食卓で家族と笑いながら晩ご飯を食べたい、足を伸ばして風呂に入って、自分の布団でゆっくり休みたい。

この一番大切な幸せを何としても手に入れたいという私の生き方に、主治医の先生は寄り添い応援してくれて、背中を押してくれた。そして命をつないでくれたのである。

すべての治療を終えて自宅に帰った私を待っていたのは、つながった命と引き換えに治療の後遺症が発出した不自由な体と、〝半年以内の再発率90％、3年生存率5％、5年生存率は有効数字がない〟という情報であった。あとはそれらを自分で乗り越えるだけである。後戻りができない人生の分岐点に立ったそのとき、妻が見つけてきたのが砂浴健康であった。

「これだ」

迷いが吹っ切れた。そうであれば、これから先は宇宙を取り巻く大自然の力に身を託そう、と決めたのである。


決めれば早い。もう悩まない、あとは動くだけである。日よけのための大きなパラソルと砂を掘るスコップ、玄米のおにぎりとミネラルウォーターを用意して千葉外房の白子海岸に向かった。私が荷物を持ってないので、妻が二人分の道具を肩に背負い腰に巻き付けて運んでくれた。かなり重かったはずである。

最初は砂浴の本質ややり方を指導者からしっかりと教わった。何事も表面だけの見様見真似ではその真髄や極意はわからない。個別事情による応用問題も解けず我流になってしまい効果が得られない。最寄り駅で電車を降りてバスを乗り継いで終点まで。そこから歩いて海岸へ。松林を抜けると、白い砂浜と太平洋の真っ青な海が広がっていた。

遊泳禁止区域で人のいない静かな砂浜を探す。すでに砂浴の常連組がパラソルを広げている。波打ち際から少し離れて他の人との間隔を適度にとって自分の場所を決める。そして砂を掘る。これが重労働である。すべて自分でやるのが基本であるが私はスコップが持てないので妻に手伝ってもらう。大地に仰向けで大の字になって横たわり、首から上だけを残して砂をかける。砂の重さに圧迫されて身動きができない。動けば動くほど砂が体に食い込んでくる。この状態で4、5時間埋まっていると効果が表れてくるという。

しかし、最初は30分も持たない。体中がチクチクし始める。砂の中のアリが全身を刺し始めたのかと思った。痛みが徐々にかゆみに変わる。痛いのは辛抱できるがかゆいのは我慢できない。手は大の字に固定されて動けない。砂から飛び出そうともがくと、すかさず後ろの指導者から檄が飛ぶ。「砂から出ちゃダメ」。初心者の行動はお見通しである。初回は、時間が早く過ぎるのをひたすら待つだけの苦痛の4時間であった。しかし、ここでやめたら何事もうまくいかない。「これだ」と決めたあのときの原点に戻るのである。

2回3回と砂浴を繰り返すうちに、砂と体がなじんできた。砂のチクチク攻撃も影を潜めた。そして、砂が程よく冷たくて気持ちが良い、と感じるようになった。

目のスクリーンに映るのは、真っ青な夏の空と白い雲だけである。耳にはゴォーという地鳴りのような波音が遠くで聞こえる。今この時には人間が作った科学は存在しない。大自然の中に抱かれて、ときがゆったりと流れているのを実感するのである。今までに悩んだり苦しんだりした数々の出来事がいかにちっぽけなことか、と気づかされる。少年時代の夏休みの思い出がよみがえってくる。いつの間にか砂の中で寝入ってしまったようである。あっという間に5時間が経っていた。太陽が西に傾いたので砂から出て元の状態に戻していると、妻がそばに来て言った。

「あんたの入ってた砂がすっごくクサい。ガスが出てるよ」

砂浴の効果が出始めたようである。大地の砂が私の体を吸引して浄化してくれたのである。仲間たちも寄ってきて、よかった、良かった、とエールを送ってくれた。そして、妻が続けた。

「体が素直になったんだね。次は心も素直に浄化してくれるといいね」

異臭の砂は潮が満ちて海水が流してくれると一晩で浄化されるという。

この夏に23回の砂浴を繰り返した。そのたびに妻がパラソルとスコップを担いで寄り添ってくれた。体が随分と軽くなった。朝は引きずって歩いていた足が帰りには軽快な運びになっていた。

「普通の人と変わりないよ」

後ろを歩く仲間たちが言った。何よりも感動したのは、大自然の中に溶け込んだことである。砂浴がその入り口を教えてくれた。科学万能と信じてきたその世界は実は大きな自然の中で動いているに過ぎないのだと見えてきた。砂の中にいる自分はこの大自然の中で生かされている、と実感したのである。そして、この世界は自分がその気になって動けば誰でも手に入れることができる。砂浴の手数料や入場料や会員料金など一切が不要である。かかる費用は交通費などの実費だけである。そして、自分が素直に動けばそれ以上の付加価値がついて自分に戻ってくる。単純で正直な関係である。私のその後の価値観や判断基準は、この砂の中で芽生えたようである。

迷ったときは、「砂に入れ」。

生きてきてよかった

自宅には大小合わせて30の窓がついている。春には穏やかな陽の光が家中に差し込んで明るく暖かい。夏は庭の緑を通って入ってくる爽やかな風が上から下に吹き抜けて涼しく心地よい。秋の夕暮れには燃えるような夕焼けが家の中をも真っ赤に染めてくれる。そして、二重窓のフィルターが冬の寒さを遮って長い日差しだけを通してくれる。

生きるはずがないというがんに出会って、〝生きて何がしたいのか〟と、自分の心と対峙して問い続けた。長い入院治療生活の中で見つけた答えは、家に帰りたい、仕事がしたい、この二つであった。その帰りたい自分の家には三つの強いこだわりがあった。

一つ、日差しがいっぱい入って明るい木の家
二つ、体が伸ばせる広い風呂
三つ、家の中から月を見たい

生きるはずがないというがんに出会ったからこそはっきりとしたこだわりである。がん治療時の先が見えない暗い世界にはもう戻りたくない。朝から日差しが注ぐ明るい家で暮らしたい。一日頑張った体を湯の中で思いっきり伸ばしてほめて労わってやりたい。そして、一日1回は空を見上げる生活をしたい。夜空の月を仰いで、〝明日も今日と同じ日でありますように〟と、願うのである。毎日やってくる当たり前の時間を、〝生きててよかった〟と感じられるよう存分に楽しみたい、という思いの表れが、新しい家に託す三つのこだわりなのである。

『牛ほめ』という古典落語がある。人間、ほめられるとそれが世辞とわかっていても気持ちが良くなるものである。「いつもお若くてきれいですね」、「お宅のお子さん、よくおできになるんですってね」、などと言われるとついその気になってうれしくなりお礼やおみやげをはずむことになる。このパターンが落語の基本で、ここに主人公与太郎がほめ方を上手に間違うことで笑いが生まれるのである。

この落語では最後に畜産用の牛をほめてオチにつなげるのでこの題名がついているが、ここで取り上げるのは、おじさんが家を新築したので与太郎がその家をほめて小遣いをもらおうという場面である。その昔、職人が贅を尽くして作り上げる日本建築の最高傑作をこのように表現した。

家は総一面の栂《とが》造り、中に入ると、土間は縮緬漆喰《ちりめんじっくい》で上がり框《かまち》が桜の三間半節なしの通り門、上にあがると畳が備後表《びんごおもて》のより縁《へり》で、天井は薩摩杉の鶉杢《うずらもく》、奥へ通ると、南天の床柱、萩の違い棚、黒柿の床框。ここまで贅を尽くせば、京の金閣寺が裸足で逃げ出そうというもの。一番目立つのが台所の大黒柱だ。これが尾州檜の八寸角で芯去り四方柾《まさ》である。

与太郎さん、これでおじさんから小遣いをもらおうという筋書きであるが、なかなか覚えられない。

「上へあがると、畳が貧乏のボロボロで、天井はサツマイモのうずら焼き……」

どこか愛嬌があって憎めない。そして、天真爛漫に生きる人は発想が違う。

「おじさん、この家の普請に半年もかかったんだってね」

「そうだよ、手間をかけて贅沢に作ったんだ」

「すごいね。でも焼けたら一晩だね」

「ゲンの悪いこと言うな」

「それから、玄関の入り口が狭いね」

「普通の広さだけどね」

「いや、狭いよ。これだったら、おじさんのお棺を運び出すのに難儀するよ」

「縁起でもない。非常時はつっかい棒を外せば、ほら、こんなに広くなるんだよ」

「さすがおじさん、考えてるね。これなら大丈夫。夫婦のお棺が並んで出るよ」

長年かけて落語界が作り上げた与太郎という天然キャラが、ブラックジョークではなく誰もが親しめる朗らかな笑いに変えてくれている。


長年付き合いのある建築事務所に、私が新築をしたい家の三つのこだわりを話したら、「その夢の実現、喜んでお手伝いしましょう」と、快諾してくれた。ずっと本格木造建築を追い続けてきた建築家である。

早速に設計に取り掛かった。最初に図面を引いたのが、大黒柱である。家の中心に七寸角（幅約25センチ）で二階の屋根まで突き抜ける大黒柱をデーンと据えた。城の天守閣で見るような存在感のある頼もしい心柱《しんばしら》である。この心柱をめがけて四方からたくさんの梁《はり》が突き刺さってくる。釘は一本も使わずに梁と柱を組み込んでいく。だから地震に強い。揺れながら自らその揺れを吸収していくのでめったなことでは壊れない。古くから神社寺院建築などで用いられる伝統工法の〝四方差し〟である。天井は作らず瓦葺の下は太い梁を十字にクロスさせて開放感と木造建築の醍醐味を表現している。すべての梁と柱が見えるように設計されているので手抜きやごまかしは一切許されない。それよりも、建築家や棟梁の腕の見せ所なのである。

主だった梁や柱は槍鉋《やりかんな》で仕上げる。法隆寺宮大工の西岡常一さんが五重塔の昭和大修理で使用したあのカンナである。形状は小刀のようなものや鎌のようなものもあり、その場所によって使い分ける。使用法はプロでも難しいという。しかし、熟達すると木のやさしさと温かさを存分に表現できて何よりも木を長持ちさせることができる、という。

「木は二度生きる」、という西岡さんの言葉がある。木造建築だからこそ、木の特性を引き出してやれば、千年、二千年と残すことができる。それを担うのが匠《たくみ》の果てしなき情熱とロマンである、と受け止めた。

小学生のなぞなぞにこんなのがある。

「法隆寺を建てたのは誰ですか」

「聖徳太子」

「ブー。正解は、大工さーん」

１３００年経った今、世界最古の木造建築として輝く姿を見せてくれる法隆寺五重塔。西岡常一さんは、小学生のこのなぞなぞをきっと微笑んで聞いていたに違いない。

我が家の新築に話を戻そう。施主のこだわりである浴室とトイレは広いスペースを確保するため最初に間取りが決まった。次に大きくて広い窓を各所に配置する。使用する木はすべて国産の無垢《むく》材である。壁は珪藻土、天井には和紙を使い、輸入材や溶剤は一切使用しない。

肺がんの手術で右肺の一部をなくしている。残った肺にはできるだけ負荷を少なくしてやりたい。毎日生活をする自宅の木も呼吸をする。その木は私と同じ日本の国土風土で育ったもので化学物質を塗布しないものにしたい、とこだわった。

この建築事務所は茨城県の山林から材木を直接買い付けている。柱と梁は杉、階段は檜、床はナラと姫小松。浴室の壁には青森ヒバ、これは私が特にこだわった。

しっかりとていねいに養生された木はいつまでも生き続けている。10年以上経った今でも、初めて我が家を訪問する人が玄関に入ると、「木のいい香りですね」という。乾燥した冬の夜になると、あちこちで〝パーン〟という柱にヒビが入る甲高い音がする。木が生きている証拠である。木はヒビが入るほどに強くなり長持ちするという。浴室に入ると、青森ヒバの上品な香りが漂う。体を伸ばして湯船で目を閉じると、毎年何回か訪れる青森県八甲田山中の酸《す》ヶ《か》湯《ゆ》温泉にある総青森ヒバづくりの千人風呂に浸かっている気分にしてくれる。キッチンは、妻が長時間立っても疲れにくいように、高さや幅や棚の配置などを個別設計して、年を取ってから動きやすく住みやすいように長年の課題を解決した。

今日が朝から楽しくなる家

早く帰りたくなる家

この二つがカタチになって表れ始めた。

もう一つの大きなこだわりがある。家の中から月が見たい。ここ何十年、日々あくせくとした生活をしていると、空を見上げるということがない。余裕をなくして忘れている。真っ青な空と白い雲、満天の星と大きな満月、上を向けばこの大宇宙と自分が直接につながっている、という実感がわいてくる。一日の終わりに家にいて月が見られないだろうか。屋根に望遠鏡を取り付けて、その映像を壁のスクリーンにライブ動画として映し出せばどうだろう。建築事務所の社長に相談した。

「そんな手の込んだことをするよりも、月を直接見たいですよね。簡単です。屋根の一部をくりぬいてガラス張りにするんですよ。トップライトです」

「そんなことできるんですか」

「屋根の骨組みをしっかりしておけば大きなガラスでも大丈夫です」

こうして吹き抜けの居間の屋根に大きなトップライトが取り付けられた。

〝まあ、なんということでしょう〟

家の中が急に明るくなったのである。そして、昼間は抜けるような青い空が飛び込んでくる。トップライトの中を白い雲が通り過ぎていく。夏の雲の流れが速いことに驚いた。

夜になるとお目当ての月が登場。「待ってました」。月の動きに合わせて自分も体を移動する。月は毎日その姿を変えて現れてくれる。大きくて黄色い満月がトップライトいっぱいに広がった日には感動した。これが見たかったのである。月食の満ち欠けもゆっくり鑑賞できた。長椅子の上で仰向けになっていると大きなスクリーンに映し出される天体ショーを見ているようである。私は、時間を作ってはこの場所にきて宇宙とつながっている。

がんに出会ったからこそ、生きることへの強いこだわりが生まれた。そして、そのこだわりをカタチにすることにもこだわった。

「夢の実現のお手伝いをしましょう」と言ってくれた木造建築の匠に出会い、住みたい家と作れる技術が相乗効果を成して、想定以上の結果を生み出した。

これは、がん治療と同じである。患者である自分が、生きてこれから何をしたいのかというこだわりをしっかりと伝えれば、医師はその生き方に沿ったたくさんのメニューを提示してくれる。これがプロの仕事である。施主と建築家も全く同じであるとわかった。何も言わなければ、一般的な汎用分譲住宅のような内容しか出てこない。そして、納品後に、あれがない、これは要らない、使い勝手が悪い、などの苦情につながることになる。


はっきりとした強いこだわりを持て、と自分に言い聞かしている。夢を目標に変えたら、次には予定に載せて、今日の実現を引き寄せる。長い道のりでも楽しいことが待っているワクワク感は気持ちを豊かにしてくれる。

ただ、つかむものが大きければ手放すものも大きいことは覚悟しなければならない。元気になれるこだわりの家ができたが、それとは引き換えに夫婦二人の老後の資金は底をついた。あるかないかわからない老後への蓄えよりも、間違いなく存在する今日を楽しく笑顔で生きることを選んだのである。

二人でお茶漬けを食べながら、明日も今日と同じ日でありますように、と。

生きてきて、よかった、本当に良かった。

逃げないでよかった

本書は私が書き下ろした11冊目の著作である。２００５年1月に文藝春秋社から第一作『いのちの落語』を上梓して16年になる。結果的には3年で2冊というハイペースでの出版となった。

二百ページ相当の単行本を世に問うメッセージとして、すべて書き下ろし原稿で用意しようとすると、その執筆に一年は必要である。企画構想や取材などの準備期間を入れると2年がかりの大プロジェクトとなる。

そして、自己満足ではなく、出版時の世相にマッチした内容になるよう時代の動きをも予想しなければならない。しかも、執筆は事務作業ではないので机に向かえば書けるというわけではない。

着想はよくても文章が出てこないことが多々ある。綴った文章が自己陶酔の駄文で、何を言ってるのかさっぱりわからず読者に伝わらないときもある。こんなときは大いにへこむ。執筆の時間や場所を変えて気分転換を図るが、なかなか脱出できないこともある。深刻なスランプである。

温泉に浸かる。あてもなくいつまでも歩き続ける。無理やり笑う。追い打ちをかけるように、心優しき編集者から、「そろそろ玉稿をいただけますか」と、ご機嫌伺いが入る。

スイッチが入れば説得力のある内容が溢れ出しペンが進むのであるが、そのときがなかなかやってこない。悩み苦しみが続き七転八倒する。長期入院で続けた抗がん剤治療よりもはるかにつらい。抗がん剤の副作用は時が過ぎれば収まるのでそれまでひたすら耐えればよい。しかし、こちらは耐えただけでは事態は何も変わらない。

もう、二度と本は書かない。執筆の度に毎回この産みの苦しみを経験してきた。

そんな苦しみから抜け出すときにイメージするのが書店の新刊書コーナーである。そのコーナーはどの書店でも入り口から一番近くて目立つところにレイアウトされている。天井からのスポットライトが当たって光り輝いている。新刊書というのは、すべての本の中で最も勢いのある本である。

「この本、新刊です」

この一言だけで書店の扱いが違ってくる。自分の新刊書が東京の丸の内、日本橋、八重洲、神保町、新宿など大手書店本店の新刊コーナーに高く積まれている光景を見たときは、書いてよかった、という気持ちになる。

また、読者からの読書感想メールや手紙が届く。

「この本を読んで、自分も生きよう、と気持ちを強く持ちました。このいのち、終わりにしようと思っていたときにこの本に出会いました。次の著作を待っています」

著者冥利に尽きる手紙である。出版までの道のりが険しかったときほどその感慨は強い。渾身の力を注いだ自分の分身を見て涙が溢れてくることもある。

〝あのとき逃げないでよかった、これからも続けよう〟

と、著者でないと味わえない達成感と満足感に浸れるのである。

エンドロール

伊藤沙莉さん。私の好きな女優の一人である。ハスキーでたたみかけるような語り口に、いつの間にか〝沙莉《さいり》ワールド〟に引き込まれていく。子役時代から映画やテレビドラマで活躍しているので芸歴は長い。最近では映画「ホテルローヤル」、テレビでは「いいね！　光源氏くん」や朝ドラの「ひよっこ」などで話題を呼んだ。

私が一番好きな出演作は「志村けん in 探偵佐平60歳」。仕事に行き詰まったときはこのビデオを見ることにしている。ドラマストーリーはこうだ。

定年退職後に長年の夢であった探偵社を開業した志村けんさんの事務所に、花屋でバイトをする沙莉さんがレンタル観葉植物を届けにやって来る。部屋の物品を一瞥《いちべつ》してズバリと言う。

「おじさん、まだ駆け出しの素人探偵だね」

その推理がすべて当たっているので悔しい志村さん。

「あんた、今日からうちの事務所で働かないか」


ここから沙莉さんと志村さんの二人芝居が始まる。これが圧巻である。どちらが主役かと思うほど沙莉さんのセリフが冴えわたる。親子以上の年の差がある志村さんを相手に全く引けを取らない。堂々たる存在感、まさに独壇場である。それを支えているのが言葉の絶妙の〝間《ま》〟なのである。速射砲のようにたたみかける歯切れの良い語り口も、この間が生きているからこそ効果が生まれるのである。子役時代からの長い芸歴の中でつかみ取った技だと納得した。何度見ても楽しい秀逸な作品である。

余談だが、このドラマには珍事件の依頼者として高橋惠子が登場する。往年の関根恵子である。彼女が登場したその一瞬に、画面にオーラが広がって華やかになるのは私の年代に共通した現象であろうか。

そんな伊藤沙莉さんもスランプで悩み続けたことがある、とエッセイで告白している。私には女優は向いてない、これ以上続けたらもう戻れないところまで自分を追い込んでしまう、この映画を最後にして女優をやめよう。そして、田舎に帰ろう、と決めた、という。

公開された映画を映画館で一人で観た。これで終わったね、と自分に言い聞かせて席を立とうとしたときに、エンドロールが始まって自分の名前が上がってきたとき、熱いものがこみ上げてきた。

〝この仕事、やっててよかった、最後のこの文字を見るために続けよう〟

と、勇気が出たのである。

これからもつらくなって立ち止まったときには、このシーンをイメージしてまた歩き始めるに違いない。そして、エンドロールでの〝伊藤沙莉〟という4つの文字が一番に飛び出してくる映画を何本も見たいものである。

〝やっててよかった、逃げないでよかった、生きててよかった〟

という日が誰にも必ずやって来る。

7分間のショータイム

日本の経済や輸送の大動脈である新幹線。北海道から鹿児島まで約3300km を最高速度320km／時で結んでいる。そして、安全面でも優れている。進化した列車自動制御装置で走行速度や列車間隔がデジタル信号で自動制御されて、総合管理システムで緊急時の対応策も即座に講じられる。2011年の東日本大震災時、東北新幹線には27本の列車が走行していたが、このシステムによってすべての列車が安全に停止して一人のけが人も出さなかった。

コロナ禍がなければ、8月の東京駅新幹線ホームは子供連れの帰省客や観光客で大混雑している。そんな中でひときわ目立つのが、アロハシャツの制服を着て赤い羽根のアクセサリーを付けた洒落た帽子をかぶり、背筋をピンと伸ばして等間隔に並んで、列車の進入方向を向いて立っている人たちがいる。新幹線が入ってくると列車に向かって一斉にお辞儀をした。

〝定時での無事の到着、お疲れさまでした〟

と、列車を労っているように見える。ドアが開いて乗客が降りてくると、ゴミ袋を両手で広げて、一人一人に頭を下げて挨拶をする。

「お疲れさまでした、ありがとうございました」

すべての乗客が降りたのを確認して、17両編成の列車に一斉に乗り込む。新幹線クリーンスタッフの人たちである。〝新幹線お掃除の天使たち〟、〝世界一の現場力〟として書籍やテレビで取り上げられて大きな話題となり、海外からもその仕事ぶりが注目されている。

繁忙期にはほとんどの編成が出動しており列車基地には在庫はない。東京駅からは3分おきに新幹線が発車している。列車を回送で基地に送って車内清掃や給水などの整備をする時間の余裕はない。この業務は、列車が到着してから発車するまでの12分間にホームで行うしかないのである。12分のうち、乗客の降車が2分、乗車に3分を先取りすると、車内清掃に充てられる時間はたった7分である。この7分間で、必要な車内清掃を完了させる知恵と工夫と努力が求められる。車内清掃は一人一両を任される。与えられる時間はたったの7分。いつも新幹線の車内がきれいに整備されて気持ちが良いのは、この天使たちのおかげなのである。

座席のリクライニングをもとに戻して進行方向に回転させる、荷物棚に手鏡を当てて忘れ物の有無を調べる、テーブルを拭く、窓ブラインドを戻す、窓を拭く、座席の枕カバーを取り換える、座席を箒《ほうき》で掃く、ごみを回収する。この箒には秘密兵器が装備されていて、湿気に反応してブザー音が鳴るようになっている。飲み物を座席にこぼした場合の早期発見対策であり、現場のニーズと知恵から生まれたアイデアである。手と足を同時に動かす、どんな小さなゴミや汚れも見逃さない、そして、1秒でも早く。これがこの仕事のミッションなのである。

ホームの子供たちは、この全く無駄がなく素早く仕上がっていく仕事を、窓越しにまるでマジックショーを見るように目を丸くしながら見入っている。まさに7分間のショータイムである。汚れがひどく時間のかかる車両には早く完了したスタッフたちが素早くサポートに入る。そして、作業を完了したスタッフが手動ドアから一人、また一人とホームに帰ってくる。司令塔であるチームリーダーに、「○号車完了、異常なし」と報告。ホームで見ていたたくさんの子供たちから歓声と拍手が沸き起こった。全員がそろうまでほんの15秒。すぐさまリーダーの右手が高々と上がった。それに呼応してすぐにホームアナウンスが流れる。

「お待たせいたしました。ご乗車の準備が整いました。順番にドアの前にお進みください。業務連絡。14番線車掌、ドア扱いをお願いします」

最後尾車両の車掌がドアロックを解除すると、すべてのドアがゆっくりと静かに開いた。

クリーンスタッフが車内に乗り込んでからここまで、ピッタリ7分。見事な仕事である。スタッフたちは持ち場のドア脇に立って乗り込んでいく乗客に一礼する。

〝楽しい素敵な旅でありますように。行ってらっしゃい〟

しかし、スタッフたちは発車を見送らない。列車に向かって一礼し、リーダーを先頭に一列に並んで去っていく。次に担当する新幹線の到着が迫っているのである。

公衆の場所や乗り物の清掃作業という仕事は、敬遠されがちである。〝お掃除おばちゃん〟という呼び方もそのことを象徴している。募集しても集まらず人手も足りなくなる。そこで、鉄道清掃会社では、この仕事にスポットライトを当ててステータスを持たせて周りからうらやましがられるような存在に変身させられないか、と練った。それが、このクリーンスタッフの誕生につながったのである。

今では、車内で舞い踊るプリマドンナの7分間の演技を、ホームにいる親子の観客が息をのんで見つめ、列車のドアカーテンから飛び出してきたヒロインに惜しみない拍手を贈っている光景として映し出されている。見事な新しいビジネスモデルの創出である。

「沁《し》みる夜汽車」というNHK-BSのテレビ番組に目が留まった。列車との関わりが人生の転機となった逸話を実写や本人の言葉を紡いで仕上げている味わい深い番組である。

4人の育児に無我夢中で生きてきた。やっと子育てを終えて気がつくと、もう50歳。子供たちの成長や健康を生きがいに思ってきたが、巣立っていくと達成感もあったが、自分には何も残っていないことにも気がついた。このままでは自分が生きた証《あかし》がない。外へ出よう。

そのとき、目に入ったのが、新幹線クリーンスタッフの募集チラシである。掃除か。これなら今まで4人の子供たちが散らかした部屋を片付けてきた工夫もあるし自信もある。私にもできる。新しい自分の世界に意気揚々と飛び込んだ。

しかし、世間は厳しかった。主婦の仕事と社会の業務ではその厳しさが全く違っていた。何をやってもうまくできないし、人より遅れてチームに大きな迷惑をかけてしまう。

〝この仕事、もうやめようか〟

と思い詰めながらホームを歩いていたとき、お母さんに手を引かれた小さな男の子に声をかけられた。

「きれいに掃除していただいて、ありがとうございます」

はっと、我に返った。自分の仕事が人から見られている。そして、役に立っているのだ。何よりうれしかったのは、「ありがとう」という言葉であった。続けよう。この「ありがとう」という言葉で、仕事への向き合い方、生き方が変わった。自分は社会との接点を持っている。そして、社会の役に立って、社会から評価されている。ここに自分の確かな存在を見出したのである。これがうれしかった。長女が言った。

「今までは食卓で、子供たちのことしか話さなかった母が、今は自分の仕事のことを楽しそうに話します。一人の人間として輝いてます」

この仕事を始めて8年。今はチームリーダーを任されるまでになった。チームスタッフに、ホームでのお客様に、最初にかける言葉はいつもこれだ。

「ありがとうございます」

魂のさけび

令和2年初頭から起こった長いコロナ禍で、街なかでは自転車が急に増え出した。感染予防対策として、混雑した電車や人込みを避けるために使っているようだ。ただ、交通ルールを無視した自転車が多いことに悩まされる。ヘッドホンをしてスマホを片手に歩道を走り抜ける若者がいる。横断歩道の中を斜めに横切って走る自転車もある。歩行者にとって、幅広い歩道や横断歩道は今や危険地帯なのである。

私は両目とも緑内障でその病状もかなり進んでいる。ぼやけた景色しか見えない。視野が狭いので脇から急に飛び出してくる自転車は目に映らない。交差点では何度も左右を向いて目の中心で景色をとらえて安全を確認している。色の判別がしにくくなった。信号は、青色が目に入らないが、幸い赤色は見える。横断歩道では最初に飛び出さずに人の後をついて歩くよう心がけている。

前からやってくる人影はわかるが顔の判別ができないので無愛想になる。そこで、こちらから「こんにちは」と、先に挨拶をして、先方の返事を待つ。その声で、頭の中がフル稼働して過去の情報の中から相手の素性を割り出してくれる。だから最近では自分から声をかける習慣が身について、随分と愛想がよくなった。

駅ではなるべくエスカレーターに乗らず階段を使うようにしている。エスカレーターで転倒したり服が巻き込まれたら大けがにつながるからである。そして、いつも利用する駅や陸橋の階段は、その段数を記憶している。初めて気づいたことであるが、駅や公共施設の長い階段では途中に踊り場が作ってあって、その前後の階段が同じ段数になっていることが多い。これは、転倒時の危険度リスクを均等にするためであろうが、視覚障害者にはわかりやすい仕組みである。

50年間読み続けてきた新聞の月極購読を止めた。メガネは矯正をしても最適化できず役に立たなくなった。細かい字はルーペを使っても読めない。テレビの字も見えないので、天気予報の時間にはカミさんに内容を聞くことにしている。

「明日の天気は」、「晴れのち曇り、雨は降らない」

「最高気温は」、「18度」

「前日比は」、「プラス2度」

カミさんも心得たもので、最近では聞かなくても必要最小限の情報を順番にしゃべってくれるようになった。

「この気象予報士さん、かわいいね」

「ちゃんと見えてるじゃないの」

「いや、何となく」


つらい話をそのまま伝えたら受け取るほうは重くなるので、最近の日常を小噺にして高座やオンライン講演で話している。その一部を紹介すると、こんな調子である。

最近、細かい物が見えないんです。歩いていて人影はわかるんですが、誰

だかわかんない。だから最近、愛想よくなりましたよ。先に挨拶するんです。頭を下げて、「こんにちは」。すると相手も「こんにちは」と。この言葉を聞いて誰だかを瞬時に探るんです。頭の中はフル回転します。

この間、駅へ行く商店街の道で、向こうから来る人が私にぶつかりそうに近づいてくる。近所の人かな、と丁寧に挨拶する。

「こんにちは、暑いですね」

「何言ってんの、これからどこへ行くの」

あっ、カミさんだ。それくらいわからないん。

「気を付けて行くのよ、家でもそれくらい愛想よくしてね」

「ハイハイ」

この前、すごかったですよ。前から女性が大きな荷物を抱えて近づいてくる。大きな声で独り言言ってるん。最近、多く見かけます。ご本人もご家族もつらいですよね。で、何言ってるのか、気になるじゃないですか。

「ガタンゴトン、ガタンゴトン」

笑いながら一人で電車ごっこしているようなんです。つらいですね。で、すれ違いざまにチラっと様子を見たら、抱えてるのが荷物じゃなくて、赤ちゃんを抱っこしてたんです。赤ちゃんを電車ごっこしながらあやしてたんですね、ほのぼのとした穏やかな風景ですよ、どこがつらいんですか。今の私には、それが見えないんですよ、つらいのは私のほうでしょうか。


外で怖いのが階段です。遠近感がないので段差がわからない。この対策を、同じような状況の先輩の方から教えてもらったんです。

「階段があるときは、トントンと肩をたたいてもらうんです」

なるほど。実践で得た生活の知恵ですね。うちでもカミさんにやってもらうことにしました。

駅の階段に差し掛かったときです。

「階段ですよ。ハイ、ハイ、ハイ」

「あのねぇ、餅つきじゃないんだから、そんなに力強くたたかなくっても」

「あらそうですか。じゃあ行きますよ。トントン、トントン、トントン。これならいいでしょ」

「いいけど、触るんだったら、トントンってわざわざ言わなくてもいいんじゃないの」

「でもあなたはほら、全身感覚マヒだから、触ってもわからないといけないから声で知らせてあげてるのよ」

「あぁ、なるほど。考えたんだ。いや、だけどね、だったら、肩を触らないで、トントン、って言うだけでいいんじゃないの」

「ああ、そうだわね、じゃうちは口で言ってあげる」

「ハイ、下り階段、ハイ、階段終わり。じわーっと右です。次は、まっすぐ左」

「まっすぐ左って、どう歩けばいいの」

「あはは、間違えました」

毎日がこんな調子ですね。


本章冒頭で触れたように重度の身体障害者として認定された。これまでの人生は何の資格も持たずに生きてきたが、やっと初めて公的資格が付与された。しかもこの資格は、今後病状がさらに悪化することはあっても、もう改善したり治ることはない、という国の〝お墨付き〟を意味するのである。

1996年に肺小細胞がんに出会って、〝3年生存率5％、5年は数字がない〟と言われながら、この命が21世紀への橋を渡って術後四半世紀が経った。43

歳だった働き盛りの体もほどなく古希を迎える。振り返れば感無量である。しかし一方で、過酷ながん治療によるたくさんの深刻な後遺症を背負っての毎日でもある。

治療直後から、〝てんかん〟を発症した。何の予告もなく急に意識を失って何度も倒れて救急車で運ばれた。今もその不発弾を抱えている。腎機能が悪化して人工透析寸前で持ちこたえている。全身の感覚神経がマヒして手足の動作の感覚がつかめない。そこで、手や足の動きの不都合を目で見て確認して補ってきた。今、その大切な目が見えなくなってきた。〝普通のことが普通にできる〟ための大切な力を一つずつ剝ぎ取られていく。進みゆく道に、大きな分岐点が見えてきた。

一ひねりも二ひねりもした洒落や冗談を、それがわかる人に伝えることで粋な笑いが生まれた。「うまいっ、うまいねぇ」と思わず声がかかる。ところが、テレビ業界の安易な仕掛けで、若者に迎合した短時間の表面的な笑いを追い続けた昨今では、その洒落の極意がわからず、人を傷つけたり人の〝生き死に〟に平気で立ち入ってしまう。

踏み込んではならない聖域にまで手を伸ばしてしまうことで数々の不祥事につながった。特に人の身体的不都合を指す差別用語は許されない。古き良き時代の映画や落語の中には、この差別用語がたくさん出てくる。その中には、日本語の味わい深い豊かな表現として後世に語り継ぎたい貴重な財産もたくさんあるが、それを語ることが難しくなってしまった。

映画『男はつらいよ』は、今でも根強い人気があって49作品がテレビで何度も再上映される。これは笑いだけではなく、涙と人情が絡んで、自分もこう生きたい、こんな寅さんに憧れる、と毎作そう思わせてくれるからである。あらすじがわかっていても、お約束の場面では必ず涙が出て笑えるのである。映画では冒頭のシーンで、〝この映画の中には不適切な表現が含まれますが、作者の意図を尊重してそのまま放映します〟と、断り書きを入れて放送される。圧倒的な人気があるからできる仕掛けである。

余談だが、私が好きなマドンナは、3番目が、テキ屋の女房で音無美紀子の光枝さん。2番目が、知床慕情で竹下景子のりん子さん、そして私の中の圧倒的第1位は、いしだあゆみのかがりさん。清楚で内気な女性の秘めた強い情熱を見事に描いている。

古典落語は差別用語の塊《かたまり》と言ってもよい。ただ、ほとんどの作品が著作者不明であるので、『男はつらいよ』のように、〝作者の意図を尊重して〟そのまま噺す、というわけにはいかない。

多くの落語では、体に不都合のある人を、愛情を持って支えてその人生に光を当てている。その中に強い差別用語の表現があるが、これはその不都合を強烈な言葉で表現することでそのつらさや苦しさを際立たせているのである。しかし、すべてが一律に規制されれば落語も例外ではなくなる。さみしいことである。

そこで、差別用語を別の言葉に置き換えて上演することもあるが、人間の業《ごう》を描いた本来の迫力は影を潜めて無難な内容に変化してしまい、やがてその演目は高座からも消えていくのである。『心眼』などはその好例である。先代桂文楽の十八番《おはこ》であるこの鬼気迫る高座は、もうテレビで再放送されることはない。

私は、「いのちの落語講演」の高座で、客層や持ち時間によって、早く〝つかみ〟がほしいときはこんな小噺を使うことがある。ハイリスクハイリターンの勝負小噺である。

「私、抗がん剤治療の後遺症で体中がしびれたままでして、疲れが溜まって

くると歩くのがつらくなって、〃び○こ〃をひくんです。あっ、この身体的不都合を指す差別用語は高座では使ってはいけないんです。その代わり、別の言葉が用意されています。〃おみ足のご不自由なお方〃と、こう言います。応用問題は簡単でして、目は〃お目のご不自由なお方〃、耳なら〃お耳のご不自由なお方〃です。この度、言ってはいけない差別用語が新規に追加されました。それが、〃ブス〃。ただ、この言葉、ほかの差別用語と違う点が多々あります。まず、対象者が多いことです。メジャーな団体です。手を差し伸べてまで守る必要があるでしょうか。それにこの言葉には当事者能力がないんです。つまり、誰も自分のことだとは思ってないんです。もう一度言います。手を差し伸べてまで守る義務があるんでしょうか。で、同じようにこの〃ブス〃にも別の言葉が用意されています。

どう言うのか。〃お顔のご不自由なお方〃

たいへん失礼しました。落語の中の笑いとして聞き流して下さい」

客席に、オチに該当する方が多いときは、みんなが隣の人の顔を見ながら拍手と笑いの大喝采になる。つまり、誰一人として自分がそうだとは思っていないからである。これは15年ほど前に作った小噺で、人間の心理を突いた秀作だと自負している。しかし、このネタを高座にかけるときは、車いすの方や白杖《はくじょう》を持った方がおられないか、主催者に直前確認をして、該当の場合は控えることにしている。

その白杖を自分が持つことになった。私は全盲ではなく、視野が極端に狭くて周囲が目に入らず、景色がぼやけて人の顔が判別できず、遠近感が乏しくて段差がつかみにくいのである。外を歩いて特に危険な場面は、交差点で飛び出してくる自転車、下り階段、電車から降りるときのホームとの段差などである。最近の白杖は進化していて、軽くて丈夫なアルミ製で折りたたみ式になっている。最初はなかなかうまく使えない。全長が１００センチで思いのほか長い。これは自分の前の障害物や危険を探るために必要な長さであることに気づいた。正式な使用方法は最初に訓練所で指導を受けておく必要がある。

業務や所用で外出をすると、ひどく疲れるようになった。見えないものを見ようとすることで神経を過度に集中させている。安全を確保するために何度も反復確認をする。転ぶ不安で体が萎縮している。だから家にたどり着くと、外での張り詰めた緊張が急に解けて、安堵感からどっと疲れが噴き出すのである。やっぱり自分の家が一番いい。勝手知ったる我が家では、壁にぶつかったり敷居につまずいたりすることはない。居心地がいい。しかし、そのぬるま湯に浸かっていると、外へ出なくなって一人の暗い世界に閉じこもることになる。がん治療の後遺症で動けなくなった体に魔法をかけるように、リスクがあっても外へ出る。自分のいのちが外の世界とつながっていることで、生きている証を実感できる。これが、〝生きてるだけで金メダル〟なのである。

一日が終わって、自分の布団に入って目を閉じる。ここからは目の不自由は感じない。脳裏に浮かぶ光景は、色鮮やかで字もはっきりと読める。すぐに寝入ってしまうが、その続きは夢の中のロードショーである。ワイドスクリーンいっぱいに映し出される映像は鮮明で、見えない色はないし左右の視野も十分に確認できる。景色の美しさに感動する。目を通さずに、言葉と音だけで脳裏に映し出す自分だけの高精細な映像が作れることに気がついた。これは、原作、脚本、主演、演出をすべて自分でやれる芸術作品である。そして、重度の視覚障害をもって初めて見つけた貴重な喜びである。

もう一つ見つけたことがある。布団の中は別世界である。

先ほどの小噺に話を戻して、本章を締めくくる。

毎日がこんな調子ですね。

でもね、不思議なことがあるんですよ。夢の中でははっきり見えるんです。小さな文字も人の顔も。夢の中は緑内障にならないんですね。これからの私の人生は、夢が大切なキーワードです。起きてても夢を追い続ける。寝ても夢の中では不自由はしない。

わが人生、〝ドリームズカムトゥルー〟です。

第三章

一年先にクサビを打て

いのちの更新

一年に一度開催している「いのちの落語独演会」には、全国のがんの人たちがそれぞれの思いをもって集う。そして、この会場で何かに気づき何かをつかんで、来年もこの客席に座っている自分の姿を脳裏に作り上げて帰っていく。

「ここで仲間と一緒に思い切り笑って、生きてきた一年をほめてやって、また一年を生きていきます。今日は私の『いのちの更新日』です」

「毎年の一番大切な目標が、この落語会に来ることです。この日のために、一人で歩けるように毎日リハビリをしています」

「帰りにデパートへ寄って、来年のこの会場に着てくる洋服を買うんです。その服を部屋に飾って来年を待つんです」

魂から湧き出してくるさけびである。明日がやってくるのは当たり前ではない、と気づいて自分なりにつかみ取った生き方である。深く長い苦悩を乗り越えてきた先につかんだ笑顔で語ってくれるこの言葉に、強い説得力を感じる。そして、もう後ろを振り向かないで前だけを見据えて生きていく、という凛とした清々しさが漂ってくる。

真っ白な手帳

毎日のスケジュールがびっしりと詰まって、手帳の予定表が真っ黒になるほど書き込まれていたのに、がんという病気を告知された日を境に予定表が真っ白になる。一か月先はきっと入院中だ、半年先も職場復帰の目途は立たず自宅療養しながら通院治療中だろう、一年先は生きていたいが再発治療中かもしれない。このように負の連鎖が続くと、確実な約束ができずに予定が組めなくなり、手帳は真っ白な日々が続く。たまに書き込んである日があるが、よく見ると、〝検査〟という二文字だけである。

がんという病気に出会うといつも再発や転移の不安を背負って生きていくことになる。そこで付きものなのが定期検査である。1か月毎の検査が3か月になり6か月毎に延びて、やがて1年毎の検査になっていく。この検査の間隔が延びていくことで、再発や転移の危険が遠ざかっていくことを実感する。それはどんな言葉や励ましよりも説得力がある。検査のたびに6か月とか1年のいのちを更新していく。途中で再発や転移で寄り道をすることもあるが、これも想定内である。そして、何年かまたは何十年か経って、「これで卒業にしましょう」という日を迎える。

長いですねぇ。

でも、この長い経験の積み重ねによって、生き方がしっかりとして、進む道がはっきりと見えてくるのである。

正確で正直なこと

検査というものはその種類や内容を問わず概して嫌なものである。特にがん治療後の定期検査となると、そのたびに緊張感が高まる。一番嫌なのが、ＣＴやＭＲＩ、骨シンチなどの精密検査を終えて、その検査結果がわかる診察日までの待っている時間である。

もう検査が終わっているので、飲酒を控えたり睡眠を十分にとったり過度の運動を避けたりしても意味がない。天に祈ってもしようがない。すでに結果は出ている。ただその知らせを待つだけである。

この時間がつらいのである。良いことは考えない。頭に浮かんでくるのはネガティブなことばかり。再発していたらどうなるのだろう、手術ができるだろうか、仕事をどれくらい休むことになるのか、いや、あと何年生きられるだろうか。頭の中で負のスパイラルが動き始める。頭が痛くなって現実に戻る。あー、疲れた。こんな毎日が続くのである。

検査から診察日までの日数をできるだけ短くしてほしい。私はこのことを主治医に率直に話した。

「では検査の当日に結果をお伝えするようにしましょう。関係する放射線科の医師や二重読影する医師にも待機してもらいます。その日は少し時間がかかりますが、あなたの気持ちが少しでも楽になることを優先させましょう」

その日以来、定期検査では、〝一人悶絶〟をせずに済んだ。そして、その日の夜は自宅で、〝ささやかなお祝い〟をして区切りをつけてきた。

定期検査結果の伝え方にもいろいろ工夫があるようである。

「問題ありませんね」

「良かったですね」

私がよく言われたのが、「合格です」。

ちょっと厄介なのが、「大丈夫ですよ、たぶん」。

これは、現状の検査機器からは異常は見つからなかった、しかしそれはがんがないということではない、ということを正確に、そして正直に伝えておこうとしたのである。

しかし、私たちはこの「たぶん」という言葉に引っかかる。一言の気づかいが相手を気持ちよくさせることもあるが、不安を増幅させることもある。

一年先にクサビを打て

誰かが何かをしてくれるのを待っているだけでは、真っ白になった手帳はいつまで経っても黒くはならない。しゃがみ込んで動けなくなった自分を再び蘇らせるのは自分自身の力である。「いのちの落語独演会」に集う人たちは、翌年もまたこの会場の客席に座っている自分を脳裏に描いて、そのための手段を日々の生活の中に組み込んだ。それが冒頭で紹介した三人の〝魂のさけび〟である。

来年もここへ来たいな、でも来れるかどうかわからない、もし来られるようなら来よう——。成り行き任せの生き方では、自分がどこへ向かっているのかさえわからず、いつまで経っても生きるための軸足が定まらない。

〝私は来年も必ずこの会場に来る〟

思い切って一年先の手帳にこう書き込む。自分が自分に約束をする最優先の必達行動目標である。そして、そこにクサビを打ち込む。そのクサビにヒモを通して一方の端を今の自分の体に巻き付ける。そのヒモを毎日少しずつ手繰っていけば、必ず一年先の自分に会えるのである。一年後の自分が両手を広げて笑顔で迎えてくれるのである。本章冒頭の三人は、その一年先の自分に出会うために、〝いのちの更新〟や〝歩くリハビリ〟や〝来年の洋服〟などを、それぞれの日々の生活の中に組み込んで、一年先につながるヒモを手繰っている。これを繰り返せば、がんに出会ってからの二つ目のいのちは、決して成り行き任せの不安な人生ではなく、自分中心の色鮮やかな世界が広がっていくのである。

これに必要なことは、自分にウソをつかずに本音で生きることと、それを行動に移すための少しばかりの勇気である。

本音で生きる

私たちの社会生活は法律や制度での行動規制の上に成り立っている。個々人の本音や欲望は、理性や自制心によって制御されることでそのバランスが保たれている。このバランスが崩れると、その裂け目から不満が一気に噴き出して爆発が起こるのである。これが社会では大きな事件となって表れ、個人では深刻な病気となって警鐘を鳴らすことになる。

「ストレスが溜まってたから」

この一言で片づけてしまうのは少し違う気がする。不満やイライラをなだめ収めるのではなくて、自分の心と真剣に対峙して、本音のさけびに耳を傾けるときなのである。今まで避けて通ってきた、思いもよらない自分の正直な気持ちが浮かび上がってくる。

「めっきり弱った母に寄り添いたい」

「しばらく一人旅に出たい」

「毎日笑える生活をしたい」

今の生活を守るために、やりたかったことや欲しかったものを抑えてきた。でもこのままでは自分の人生で悔いが残る。これらはすべて直感である。なぜ、と問われても論理的な説明はできない。今までの人生で積んできた経験が出してくれた結果である。この直感が出してくれた本音を大切にしたい。


「おじいちゃん、〝光陰矢の如し〟、っていうよね。あれ、どういう意味なの」

「あれはな、こういんというものは、あぁ、やのごとしだなぁ。そういう意味だよ」

「ふーん」

「四万六千日、お暑い盛りでございます」

先代桂文楽の十八番『船徳』の第一声。真夏の風景が一瞬にして浮かび上がる。

「おばあちゃん、お餅にカビが生えちゃったんだけど、お餅って、どうしてカビが生えるの」

「あんたが早く食べないからだよ」

本音で生きる人たちの力強さを感じる小噺や表現である。どんなことがあってもへこたれない生活力と生きることへの自信がにじみ出ている。

直感で生きる

小噺の世界を飛び出して、直感というアンテナで受信する情報を頼りにして人生を生き抜いている人がいる。悩みごとへの選択の判断が早くてはっきりしていて、わかりやすく行動も素早いので、この人の周りにはいつも人が集まってにぎやかである。若いときからたくさんの苦難を乗り越えてきたことで、言葉に重みがあり説得力がある。

本項では、この人の生きる姿を落語に仕立てて紹介する。『いのちの落語——直感で生きる』として作り上げた。一人称に置き換えて読み進めていただきたい。

この「いのちの落語」は、直感を取り上げます。直感って、理屈っぽい人からは、一段下に見られがちですが、決してそんなことはありません。直感はバクチではありません。その人のすべての人生経験を結集させて、一瞬にして答えを出してるんです。

だから、「それはなぜ」と、聞かれても論理的な説明はできない。けれど、自分の人生が答えを出しているから、その答えに決して後悔はしない。決断も早いです。自分の生き方に自信を持ってますから、いつも笑顔で輝いてますよ。がんの仲間の中にも、そんな人がたくさんいます。

この「いのちの落語」は、そんな生き方をしている人を取り上げたドキュメンタリーです。作品ナンバー19『いのちの落語――直感で生きる』。ご堪能ください。

生まれたばかりの仔ネコが5匹。道路脇に置いてある段ボール箱の中で鳴いている。小さないのちが懸命に生きようとしている。よく見ると、その中の黒い仔猫は横たわったままで動かない。けど、お腹はかすかにゆっくり動いている。

「あっ、まだ生きてる」

気が付くと、もう5匹の仔ネコが入った箱を持ち上げていた。

日曜日の夕方のことで、開いている動物病院がない。探し回ってやっと見つけた1軒の病院に駆け込んだ。

「急患です。いのちが危ないんです。5人、いえ、仔ネコが5匹。早く診てください」

「お母さん、落ち着いてください。しっかり治療しますからここに座ってお待ちください」

5匹は治療室へ消えていった。とりあえず安堵した。

今、ふと気が付いた。

〝お母さん〟

久しぶりに聞く響きである。そうか、今のあの子たちにとっては、私がお母さんなのである。長時間の不安と疲れで急に睡魔が襲ってきた。

「お母さん、お母さん」

遠くで声がする。私を呼んでいるようである。我に返ったら目の前に先生が立っていた。

「診察室へどうぞ」

自分が診察を受けるときよりはるかに緊張する。恐る恐る入っていくと、みんな元気で力強く鳴きながら動いている。黒いあの子も元気になっていた。

「もう少し遅かったら助からなかったかもしれません。お母さんの直感のおかげですね」

よかった、本当に良かった。

人も動物も、生まれたてのどんなに小さないのちでも、懸命に生きようとする姿に触れたとき、思わず手を差し伸べるのは、自分も「生きたい」ともがいて、たくさんの人に後押しをしてもらってそれを乗り越えてきたからである。

山口ともえさん。小柄で色白で、白い服と長い黒髪がよく似合う美しい女性です。

東北の、杜の都仙台で生まれて育ちました。6人兄姉の末っ子だったともえさんはお父さんが大好きな少女でした。

休みの日にはお父さんと手をつないで川の土手に行き、父が弾くバイオリンの音色に耳を傾けました。そのともえさんに、突然養子縁組の話が持ち上がり、親族会議で決定しました。寡黙な父はそれに従いました。

ところが、その直後に銀行員だった父が急逝します。遺品整理をしていたら銀行の引き出しに入っていたノートに、〝ともえは絶対に養子には出さん。手元で育てる〟と、書いてありました。これが〝遺言〟となって、親族会議の決定は覆り、ともえさんは母の手元で育てられました。父が自分の死と引き換えにともえさんの人生を守ってくれたのです。

山口ともえさんは、やさしかった父の思い出を胸に、美しい女性に成長しました。縁あって大学の研究者と結婚しました。直感です。この人なら、と感じただけです。この人が後に国立大学の学長になるとは夢にも思ってませんでした。そして、夫が福岡の大学への転勤が決まったので、同行することになりました。仙台から1500キロも離れた九州博多の街が、山口ともえさんが人生を捧げる場所となったのです。

2人の子供たちも成長して独り立ちをしました。自身は若いときに培ったノウハウと直感を活かして高級服飾小物ショップを開業し、順風満帆な円熟の人生が始まろうとしていた51歳のときでした。懇意にしていた看護師さんから電話がありました。

「人間ドックの枠が一人分空いたのよ。あなた、しばらくやってないでしょ、受けてみなさいよ」

そういえば、健康診査って、何十年もやってなかったので、軽い気持ちで受けてみることにしました。診断結果の通知書が届きました。

ウン、ウンと見ていくと、一か所「胃に所見あり、要精密検査」と書いてある。よくあることだ、今仕事も軌道に乗り始めて忙しいときである。特に症状もないし体調も良い、無視するか。いや、受けてみよう。

一抹の不安がよぎりました。直感です。精密検査を受けて結果は2週間後。夫と姉が同行して診察室に入りました。

医師は何の前置きもなく検査結果を切り出しました。

「胃がんです。進行性のスキルスがんですね。あっ、亡くなったアナウンサーの逸見政孝さんと同じがんです。このままだと、あと半年、いや、5か月。残念です。本当に残念でした」

気が付くと、後ろにいるはずの姉がいない。めまいで倒れて処置室で治療を受けているらしい。横の夫を見ると、ネクタイを緩めたり結んだり、膝の上のバッグのフタを開けたり閉じたり。いつも冷静沈着な大学教授でも家族のこととなると話は別のようである。〝頭が真っ白になった〟と、よく聞くが、それどころじゃない。同行の家族がこれじゃ、私がしっかりしなきゃ。

「残念です。って、そりゃぁ、ないでしょ」

絶対にこの医師の言う通りにはならない。俄然闘志が湧いてきました。

51歳のときのことです。

山口ともえさん、この〝残念医師〟の手術を受けることにしました。何か縁がつながりそうな気がしたのです。直感です。

医師の名前が矢田先生。ヤッター！　ヤダー！

手術の日、手術台で麻酔医がこれから全身麻酔をかけようとしたときのことです。山口さんが突然起き上がりました。

「矢田先生を呼んでください」

その声のあまりの凄さに矢田先生が飛んできました。もう手術用手袋をつけています。

「先生、私は今まで矢田先生に、ヤブ医者、残念医者と散々悪態をついてきました。でも、それは先生を信じてきたからです。これからも悪態をつきますが、どうか付き合ってください」

「山口さん、うれしいです。ありがとう」

手袋を外してお互いに両手を強く握りしめました。手術の準備が最初からやり直しです。

直感って、面倒ですね。

手術で胃の三分の二を切り取りました。食べる量も頻度も極端に減りました。だから、食べ物には強い執着ができたのです。そして、抗がん剤はやらない、と決めました。その代わり、自分の体は自分が責任を持とう、と決めたのです。

折しも、日米合同がん患者富士登山の企画を知りました。

「私も富士山に登ろう」

と決めました。直感です。そして、つらく苦しい訓練を乗り越えて、ついに富士山の頂上に立ちました。素晴らしい景色でした。日本人もアメリカ人も、老いも若きも、男も女も、みんながんを乗り越えようとしている仲間たちです。自分たちで作った目標に到達した達成感で涙を流しながら抱き合って、お互いを讃え合い喜びを分かち合いました。でも、富士山の頂上に立つと、富士山が見えないということも知りました。

「次は、ホノルルマラソンを走ろう」

誰かがさけびました。

「そうだ、私もホノルルを走ろう」

そんな無茶な、というかもしれない。でも、これも直感です。今度はもっと過酷な訓練が始まりました。42・195キロのフルマラソンを走る、と自分に課したのです。自分の身体と生き方は自分が決める、と自分に約束したのです。

レースの途中、お腹が猛烈に痛くなりました。しばらく様子を見たが収まらないのです。何度もリタイアを考えました。頭がもうろうとしてきました。でも、仲間のランナーたちが声をかけてくれるんです。私は一人じゃない、仲間がいっぱいいることに気づきました。うれしかった。そして、走って行く先が新しいいのちの道に見えてきたんです。前から後ろから仲間たちが導いてくれました。

これが、生きるってことだ。

吸い込まれるようにゴールに飛び込みました。完走できました。

わたしたち、今自分の力で生きてるんだね。

みんなでお互いを讃え合いました。

気合いを入れてその気になってやれば、誰でもなんでもできる。山口さんには、この富士登山とホノルルマラソンが強力な抗がん剤となったのです。

がんから生き方を学ぼうよ
自分が主役の生き方をしようよ
それを直感で決めようよ

山口ともえさんは、この三つを合言葉にして、２００３年に福岡でがん患者会を立ち上げました。この山口さんの直感による魅力あふれる生き方を慕って、今では会員は全国に広がり、その数は三百人を超えています。ますます直感は研ぎ澄まされて健在で、福岡県内、九州にとどまらず、全国各地を飛び回っています。いつも予定変更で振り回されるのは事務局の田村さん。でも、それも楽しいらしい。そして、この田村さん、ダジャレの名人です。

「病院では大きな声で笑ってはいけません。クスリと笑いましょう」

自分でも結構楽しんでいるようです。

「田村チャン、行くよ」、「ハイハイ！」。山口さんとは黄金のコンビです。


ある日の朝、山口さんに電話が入りました。矢田先生です。

「先生、ご無沙汰しています。お元気ですか」

「それが、あまり元気じゃないんですよ。実は私も胃がんになりましてね。で、相談があるんだけど、どうやったら上手にごはんを食べられますか」

「慌てないで、ゆっくり噛んで。油ものと塩分は控えて」

「あぁ、そうか、そうだったね。で、もう一つ。背中がときどき痛むんだけど」

「それはね、お風呂でゆっくり伸ばして、やさしくさすれば収まりますよ」

「そうですか、ありがとう、助かりました。早速やってみます」

「先生。もっと早く言ってくれたら、名医を紹介したのに」

「ええっ、どこの先生ですか」

「私を手術してくれた先生ですよ」

第四章
生きる希望と勇気

いなほ3号

旅に出る楽しみは格別である。日常を離れて見知らぬ場所を訪れるのはワクワクする。遠慮の要らないグループでの旅行も楽しいが、一人旅もまた良い。しっかりと計画を立てて出かけるのも安心ではあるが、乗り放題切符だけを持って何のあてもなくふらっと出かけるのもスリルがある。

飛行機や新幹線の旅は時間が節約できて行動範囲が広くなるが、在来線で感動する景色に出会うことがある。ゆったりと流れる時間と車窓にのめり込む。人生の区切りや自分へのご褒美として出かけたい旅がある。白神山地やブナ林を抜けて海の中に湧き出た温泉に立ち寄る五能線の旅、あまちゃんの三陸鉄道の旅、寝台特急サンライズ瀬戸で朝日が昇る瀬戸大橋を渡る四国への旅など。

イチオシは、新潟と秋田を結んで日本海の海沿いを走る羽越本線の旅である。

車窓から見える日本海は、夏と冬でその景色が一変する。夏は真っ青な空と海がどこまでも青く、夕方になるとその青い海が夕日に染まってキラキラと輝き始める。車窓のスクリーンが壮大な自然のマジックショーを見せてくれる。冬には日本海の荒波が大きな波しぶきと共に列車を飲み込むように押し寄せてくる。一面の銀世界の中を列車は一生懸命に突き進んでいく。思わず「頑張れよ」と、声をかけてやりたくなる。

その日本海沿いを走る列車に特急「いなほ号」がある。新潟と秋田を4時間かけて、日本海の雄大な景色を誇らしげに見せるかのようにゆっくりと走る。窓が大きくて車内が明るくきれいな列車である。新潟駅を発車すると、すぐに車内アナウンスが流れる。

「本日は、『いなほ3号』にご乗車いただきましてありがとうございます。新潟駅を10時56分定刻に発車いたしました。終点秋田までの途中停車駅をご案内いたします。新発田、坂町、〝お茶栽培の北限〟村上、〝川沿いに広がる癒しの温泉郷〟あつみ温泉、〝歴史と文化が香る城下町〟鶴岡、〝映画『おくりびと』の舞台〟余目、〝日本海の魚の水揚げ地〟酒田、象潟、羽後本荘、終点秋田の順に停まってまいります。随所で日本海を間近に眺めながら、ゆったりとした鉄道の旅をお楽しみください」

列車が村上駅を発車して、直流交流切替ポイントを通過する。

「ご案内いたします。左手車窓をご覧ください。日本海が見えてきました」

車内のあちこちで歓声が上がる。

「わぁ、日本海だ、広いね」

「きれいだね。海と空の青い色が一緒で、どこが水平線だか区別がつかないね」

「静かで雄大だね、白い波がキラキラ光って、宝石みたいだね」

「この景色が見たかったのよ、来てよかったぁ」


特急「いなほ3号」は、あつみ温泉を過ぎると、豊穣の庄内平野を突き進み、やがて〝歴史と文化が香る城下町〟鶴岡駅3番ホームに、12時44分定刻に滑り込んだ。

私の五つ星

海藤道子《かいとうみちこ》さん。肩にかかるセミロングの黒髪がよく似合う小柄でキュートな女性である。山形県鶴岡市で、手作りのやさしさと温かさをしみ込ませた弁当や総菜を販売する店、〝ごちそうカイトン〟を開業している。

「これ、美味しいね」

「やさしい味付けでほんの少しだけ、というのがありがたいんだよ」

店内では、子供たちの楽しそうな声が響き、一人暮らしの人たちの笑顔で話す光景が広がる。

海藤さんは、調理師専門学校で教壇に立つ先生でもある。プロの調理師を目指す後輩たちに、技術だけではなく、〝調理の心〟をも、長年に亘って伝えてきた。

親子料理教室も開いた。食育インストラクターの資格を持つ海藤さんは言う。

「人間の味覚や食べ物の嗜好は子供時代に、特に〝つ〟がつく年齢までに決まってしまいます」

〝つ〟がつく年齢とは九つまで。つまり、小学3年生までの食育が重要というわけである。海藤さんは続ける。

「だから、料理教室はお母さんだけではなく、お子さんにも参加してもらって、出来上がった料理をその場でお子さんに食べてもらいます。子供たちの講評は厳しいです。自分が感じたままを正直に言います」

「すごく美味しい。これ、どうやって作るの、やってみたい」と、子供たちが思わず口にする。ここからが料理教室の始まりである。料理法を教えるのではなくて、親子で一緒に気づき見つけていく。そのことで、若いお母さんも一緒に育っていく。食育によって、子供が健康であることの幸せを知ってほしい。これが海藤式料理教室である。楽しそうな笑い声と笑顔の情景が見えてくるようだ。

海藤さんがここまでこだわるのは、自分の幼い頃にその原点がある。小学校に上がる前、外で走り回ってお腹を空かして帰ると、忙しい母が仕事の手を休めて残りもののご飯を握ってくれた。母のやさしく温かい手で何度も握ってくれた一個のおむすびの味、50年経った今でもはっきりと覚えている。〝道子の五つ星〟である。

美波社長と道子社員

もう一つの原点。それは、〝我が子　美波〟である。海藤さんの背中には、幼くして旅立って行った美波ちゃんがいつもいてくれる。悩んだり困ったときは話しかけて相談に乗ってもらう。

「ねぇ、みーちゃん。これ美味しいかな。お店に出してもいいかな」

みーちゃんは、左手の親指を立てて前に突き出して笑った。得意のポーズである。

よし、決めた。

「みーちゃん、今日も元気でやろうね」
〝ごちそうカイトン〟は、美波社長と道子社員の名コンビで一日が始まる。今朝も真っ赤なリンゴを丸ごとかじって一日を始める。これが海藤道子のルーティンだ。笑った白い歯が素敵だった。

わたしは美波

私の名前は、海藤美波。広くて穏やかで銀河のようにキラキラ光る青い海と白いさざ波。私、この名前すごく気に入ってます。平成11年に生まれました。濃い日々と時間を精いっぱいに過ごして、今は空の上から話しかけています。令和3年に22歳になりました。髪はショートで丸顔で、笑うと三日月目が可愛い素直で活発な女性です。

お腹の中にいたとき、ママにずいぶん心配をかけました。他のお母さんたちは、「あっ、動いた、蹴った」と言ってるのに、うちの子は動かない、って病院で深刻に相談してたよね。あれでも私、お腹を一生懸命蹴ったんだけどなあ。それから、妊婦検診で先生が、「女の子ですね」って、言っちゃったんだよね、聞いてないのに。私も生まれた日の〝ごたいめーん〟を楽しみにしてたんだけど。あれって、イエローカード2枚でしょ。

予定日に陣痛5時間、3362g、ママを困らせることなく元気な声で泣いて生まれてきました。私を覗き込んでるみんなの顔が笑顔でした。私って、周りを笑顔にする魔法の力があるんだって気がつきました。ほとんど泣かずにニコニコしている手のかからない子だったらしいのですが、ママはおとなしすぎることがかえって心配で不安になったようです。母の直感って、ありがたいです。

そんな病名聞いたことない

生後2か月健診で、ママは保健師さんにそのことを話しました。

「すぐに市立病院へ行ってください。明日、行けますか」

言われた通り、急いで市立病院の小児科診察室に入りました。長い検査でした。

「大学病院の神経専門医に早く診てもらいましょう」

あっという間に大病院への道がつきました。私、どうなるんだろう、と不安になりました。それを察してか、すぐにママが言いました。

「みーちゃん、心配しなくても大丈夫だよ」

でも、その顔は大丈夫って表情ではありませんでした。ママは正直です。

大学病院って、近寄りがたく気難しそうな先生ばかりかと思ってたけど、私を診てくれる先生は若くてスリムで笑うと愛嬌があってやさしそうな先生でした。小児神経科の名医だそうです。でも、ほっとしたのも束の間で、私は診察台の上で、うつ伏せにさせられたり、仰向けにひっくり返されたり、左右にゴロゴロ転がされたりで、目が回るやら、天井が傾くやらで、我慢できずに大声で泣いてやりました。〃先生、私おもちゃじゃないですよ〃。

さらに入院すると、生後2か月の私にたくさんの検査が待っていました。検査技師さんが何度も「動かないでね」って言うけど、私、自分で動けないんですよ。そして、長い一日が終わろうとする夕方に、パパとママと私の3人が会議室に呼ばれました。先生が私の顔を覗き込んで、やさしく話し始めました。
「美波ちゃん、お疲れさまでした。今日はよく頑張ってくれましたね。そのおかげで検査結果が早く出ましたよ。ありがとう」

次に両親に向かって静かにゆっくりと話し始めました。

「美波ちゃんの病名は、脊髄性筋萎縮症です」

「どんな病気ですか、それは。聞いたことがありません。治療をすれば治るんですよね」

ママの声のトーンが急に高くなりました。

「運動神経細胞の異常によって、体幹や腕や足など全身の筋力が低下して少しずつ動けなくなります」

「でも先生、治療すれば治るんでしょ」

「この病気には……」

と言って、先生の言葉が止まりました。そして、意を決したように続けました。

「今は治療法も薬もないんです。難病でして、10万人に1人くらいの割合で発症しています」

ママは、一番聞きたくないことを、でも親として聞いておかなければならないことを、勇気をもって口にしました。

「美波は、あとどのくらい生きられるんでしょうか」

先生は、一呼吸してから静かに話し出しました。

「1歳までは難しいかもしれません」

私、生きるよ

ええーっ。難しいことはよくわかんないけど、私の命って、そんなに短いの。わかった。私、もっともっと長く生きて、先生の言う通りにはならないからね。楽しいことをいっぱい見つけて皆を笑顔にするよ。なんだかファイトがわいてきた。でも、パパもママもぼぅーっとして、そのあとの先生のお話を何にも聞いてないよ。それに私を抱くママの力が急に強くなって、すごく苦しいんだけど。

自宅へ帰る車の中は空気が重かった。みんな無言だった。私は生きる目標が見つかったから元気が出て、いつの間にかママの腕の中で眠ってしまいました。

家に帰ってしばらくは、ママは何も手につかないらしく、ずっと泣いていました。

〝ねえ、ママ。泣いてないで美味しいもの食べて楽しいことしようよ〝

私の気持ちが通じたのか、ママは立ち上がりました。

「そうだね、毎日を楽しく過ごそうね。みーちゃんの生きる力を支えなくっちゃ。ママも頑張るよ」

人工呼吸器

こうしてにぎやかな毎日が始まったのですが、それもほんの束の間でした。私の呼吸が急に苦しくなったのです。筋肉の力が弱いので肺が膨らまずに酸欠状態を起こしたのです。先生から言われていた呼吸不全が早速やってきたのです。近所の市立病院で応急処置をしてもらって、救急車で大学病院に向かいました。初めて救急車に乗ったのですが、すごく揺れるんですね。そばでママが手を握って、「みーちゃん、大丈夫よ、大丈夫よ」と言ってくれるんだけど、その声は不安そうでした。でも私はいつもママの温かい胸に抱かれて安心でした。

口から肺に管を入れて酸素を送り込んで、危機をしのいでくれました。そして、病室に入ってきた先生の顔を見てほっとしました。

「美波ちゃん、もう大丈夫だよ」

笑顔で言ってくれるこの一言がうれしかったです。でも、この症状は今後も起こるらしく、根本対策が必要らしいのです。それは、人工呼吸器の装着です。これがあれば、肺の筋力が低下しても呼吸を続けられるんだって。でも、ママは反対しました。これをつけるためには、気管切開といって、首に穴をあけるんです。かわいい女の子の首に、そして生まれて半年も経たない我が子の首に穴をあけるんです。そして、この首の穴から一度管を入れたら、もう抜くことはできないんです。愛しい我が子の身体に傷をつけることはできない、と悩み続けました。

でも、ママはこうも考えました。この人工呼吸器さえつければ、私を家に連れて帰ることができる、と。親子三人で我が家で暮らすことができる。ママが作ったご飯を、「美味しいね」って食べて、テレビを見て一緒に笑って、自宅のお風呂で歌を歌って、自分の布団の中でぐっすり眠ることができる。パパとママはすごく悩んでました。家に帰れれば親子で楽しいことや笑えることをたくさん経験できるだろう。それが生きる力の後押しになってくれることを信じよう、と。そして、人工呼吸器の装着を決めたのです。

手術はうまくいったようです。私はそのときから呼吸がとても楽になりました。すると急に元気が出てきて、専用の車いすを使って病院内を散歩しました。たくさんの看護師さんや入院患者さんが、「こんにちは、頑張ろうね」って笑顔で両手グーのポーズをして声をかけてくれます。目に映る景色が変わるのは眩しいくらいに刺激的でした。そして、お腹が空きました。

人工呼吸器での生活のしかたを学びました。これはママに大きな負担がかかります。食事、入浴、散歩、痰の吸引などの術後ケア。でも、退院をして自宅に帰るための準備なんです。そのために選んだ道なんですから。

一人の看護師さんが、病室にテレビを運んできました。

「美波ちゃん、ママと一緒に〝おかあさんといっしょ〟を見てね」

テレビだ、テレビだ。うれしかった。病院の皆さんが私たちを心から応援してくれているのがわかりました。

お腹が空いた

私、育ち盛りだからすごくお腹が空くんです。たくさんの栄養も必要なんです。でも、私のごはん時間は少し変わっています。口から食べられないので、鼻から流動食をチューブで胃に入れるんです。でも、これって、何を食べてるかわかんないし、美味しいって味わえないし、お腹いっぱい食べた、って気持ちにもなれないんです。私、このごはんの時間がイヤでいつも泣き出していました。

ある日、先生とママが内緒話をしてました。で、ママが病室に何やら持ち込んでゴソゴソやってます。

「みーちゃん、舌出してごらん」

言われた通りに舌を出すと、舌の上に何かが落ちました。

「すっぱいかな、でも甘いかな。で、美味しいかな」

私は、全部の問いに左手の親指を突き出しました。

「そう、よかった。これがね、リンゴジュースだよ。今チューブから入れるからね」

ママがゴソゴソやってたのは、フードプロセッサーという調理器具だそうです。次にまたゴソゴソが始まりました。今度は濃厚なにおいが漂い始めました。

「みーちゃん、また舌出してみて」

今度はたくさんの食べ物が入り混じった複雑な味です。この味、好きになりそうです。

「これはね、さばの味噌煮っていうの。どうですか」

私は、親指を二度突き出しました。

「そう、よかった。じゃあ、入れるよ」

私は、こうして次から次に食べるものの味と楽しさを覚えていきました。

「美波ちゃん、さばの味噌煮が大好物だそうだね。そりゃすごいや」

先生が驚きながら楽しそうに話しかけました。私の味覚が病気の影響を全く受けていなかったことと、胃が丈夫であったことで、幸いにも実現したことらしいのです。ママが病室に持ち込んだ〝ゴソゴソ器〟は、私に食べる喜びと楽しさを教えてくれた魔法の箱です。

初めての誕生日

私の初めての誕生日がやってきました。待ちに待った誕生日です。1歳になりました。朝起きると、天井にくす玉がたくさんぶら下がっていました。引っ張ると、〝美波ちゃん お誕生日 おめでとう〟の垂れ幕が飛び出しました。深夜に看護師さんたちがそっと飾りつけしてくれたんだそうです。プラネタリウムで病室の白い天井がきれいな星空に変身しました。心を込めて書いてくれたたくさんのかわいい誕生カードを添えて、絵本や指人形も贈ってくれました。指人形は、私が左手親指でＯＫサインを出すときにはめてほしい、と鈴までついています。日頃の私を見て知ってくれているから思いついたアイデアです。うれしかったです。私は今日一日、お姫様になりました。

今日の誕生日には特別の思いがあります。病院の会議室で「1歳までは難しいかな」と言われたその一年を元気に生きてきました。パパママ、ありがとう。先生、ありがとう。病院の皆さん、ありがとう。私なりに、この病気とのつき合い方が少しずつわかってきました。それは、楽しみながら生きることなんだね。

私の病状が落ち着いたので、退院の準備が始まりました。家から大学病院までは車で片道2時間かかるんです。そこで、家から10分ほどの市立病院への転院を先生が計画してお願いをしてくれました。

退院の日、たくさんの人たちが笑顔と涙で、そして握手と拍手で見送ってくれました。先生は不測の事態に備えて車に同乗して付き添ってくれました。受け入れ先の病院で細かく丁寧に引継ぎをしてくれました。私は、この病気に出会ったことで、たくさんの人たちのやさしさとプロの力のすごさを知りました。

ママって呼べるよ

地元の病院や保健所や行政の皆さんの温かい支援があって、幼児の人工呼吸器をつけての在宅看護となりました。親子三人での夢のような自宅生活が始まりました。

自宅での新しい生活が刺激になったのでしょうか、私は手の指を動かせるようになりました。呼吸器に合わせて声が出せるようにもなりました。そして、「ママ」って呼べるようになりました。一番うれしかったのはママのようです。そして、市立保育園への入園が決まりました。友達みんなと一緒に勉強したり遊んだりできるんです。毎日が楽しいし、明日のことを考えるともっと楽しくなります。そして、そして、私にボーイフレンドができました。動くのはちょっと苦手だけど、あとはみんなと同じです。私、もう3歳になりました。

東京へ行くんだよ

私の大きな夢がまた一つ叶いました。大好きなテレビ番組の人気者たちに会いたい、という夢をボランティア団体の人たちが叶えてくれました。18歳未満の難病をもつ子供たちに生きる力や病気と闘う勇気を持ってもらうことを趣旨に活動しています。

東京へ行くんです。でも、私の移動には大変な準備が必要だとわかりました。病院の先生やボランティアスタッフの方たちは、〝美波ちゃんの笑顔が見たい〟を合言葉に細かな準備をしてくれました。私、ワクワクしました。

新幹線に乗りました。すごくきれいな電車です。ママの車や救急車より速いんですよ。渋谷の高層ホテルに泊まりました。窓から見える景色に驚きました。どれも初めての経験ばかりです。レストランに行くと、私のための特別コース料理が用意されていました。ほどなくシェフがやってきて、「美波ちゃん、お味はいかがですか」。私は、すぐに左手の親指を飛びっきりの笑顔で突き出しました。

翌日はいよいよ大好きなテレビ番組のスタジオ見学です。あっ、本物が目の前にいる。私、まばたきするのをしばらく忘れてました。収録が休憩に入ると、出演者が私のところに駆け寄ってきてくれました。

「みなみちゃーん、こんにちはー」

皆さんが私を抱きしめてくれました。テレビの中の人たちが今私の目の前にいます。うれしくて目をパチクリさせて興奮してました。私の大きな夢がまた一つ叶いました。

生きる希望とほんの少しの勇気

普通のことが普通にできるって、すごく幸せなことです。その幸せを少しでも長く感じていたいんです。でも、私の身体のことは自分で知っています。身体を動かすことが少しずつつらくなってきました。息をするのが少しずつ苦しくなってきました。痰を出すのも苦労します。

「1歳までは難しいかもしれません」と、病院の会議室で言われた先生からの一言が生きる励みになりました。楽しく笑顔になれる目標を作って、それが実現できたら次の目標につなげました。家に帰りたい、パパとママと三人でご飯を食べて一緒に寝たい、保育園に行きたい、東京へ行きたい。たくさんの人たちが応援してくれて実現しました。「みなみちゃん応援団」も結成されたんです。私が生きてきたことで、脊髄性筋萎縮症という難病があって、たくさんの親子が苦しみながらも頑張っていることを多くの人たちに知ってもらえたらうれしいです。

治療法も薬もないけれど、あきらめない心とほんの少しばかりの希望と勇気、そして愛情いっぱいで笑顔になれたことが、最高の薬でした。

パパ、ママ、ありがとう。美波はパパとママの子に生まれてすごく幸せでした。私が眠ったあとで、「この子と代わってやりたい」、というママのつぶやきを何度も聞きました。ママ、ありがとう。こんなに愛されて、美波は幸せです。発車のベルが鳴ってます。私はこの列車に乗って行きます。

平成16年12月、美波ちゃんはこの日、いつものように保育園へ行って友達と過ごし、いつものように家族で晩ごはんを食べて、深夜に静かに旅立って行きました。5歳と7か月のいのちを力いっぱいに生きて。

今のママの背中にはいつも美波ちゃんがいてくれる。

「ねぇ、みーちゃん。これ美味しいかな。お店に出してもいいかな」

「よし、決めた。みーちゃん、今日も元気でやろうね」

〝ごちそうカイトン〟は、今日も美波社長と道子社員の名コンビで店内には笑顔が溢れて笑い声が響きわたる。

走り続ける「いなほ3号」

話を快走中の特急いなほ3号の車内に戻そう。右に鳥海山、左に日本海の絶景を眺めながら突き進む特急いなほ号はグループでの記念旅行として利用されることが多い。日頃の多忙を極める仕事や神経をすり減らす業務から解放されて、束の間の愉しみを味わう旅としては最適である。

そんな人生を本音で生きる人たちが、本音で繰り広げる車内での風景を落語仕立てで描いてみた。題して『いのちの落語――いなほ3号』。落語の中に出てくる本音人生のクイズにも挑戦していただきたい。

「ただいまから切符を拝見いたします」

「はい、どうぞ」

「酒田までですね」

「そう、私たち3人でこれから日本海の美味しいお寿司を食べに行くんですよ」

「それでこのいなほ号にご乗車いただきましたか、ありがとうございます。で、特急券はお持ちでしょうか」

「えっ、これ普通列車じゃないんですか」

「いえ、特急列車ですので特急券が必要なんです。1000円です」

「へぇ、安いんやねぇ、3人で」

「いえ、お一人分です。だいたい1000円は3人で割り切れないでしょ」

「私鉄は特急でも特急料金とらへんでしょ。今日だけまけといてぇな」

「それは」

「ちょっと、恥ずかしいから特急料金値切るのやめてくれる、大阪のJRは言ったら安くしてくれるの」

「たまにね。いや、うそやて。これ、言葉のゲームやないの。『そんなアホな』言うて、ワァーと笑ろたら楽しなるやろ」


「ねえ、車掌さん、私ら3人どんな仲間に見えるかな」

「そうですね、同級生の還暦旅行、でしょうか」

「あんた、失礼やんね。うちはこん人たちより10歳も若かとよ。一緒にせんといて」

「それは失礼しました。では、バツイチバツニの会」

「えらか失礼やんね。みんな亭主はまだ一人目がおるっとよ。いや、よか、よか」

「私たちね、がんの仲間なの、通称がん友《とも》。もっと詳しく聞きたいでしょ」

「いえ、別に」

「何よ、そのそっけない態度。さっき車内放送で『何なりとお申し付けください』って言ったじゃないの」

「はい。ですが、まだ検札がたくさん残ってますので」

「後でゆっくりやったらいいでしょ。聞きたいのね。じゃあ、しようがないか。話してあげる。私は東京の生まれで乳がん。大阪の彼女は子宮がん、福岡の自称若い彼女は肺がん。みんな深刻なのよ。でね、一年に一度東京で、がんの人と家族だけが招待される落語の独演会があるのよ。何年か前に私たち三人が隣り合わせの席に座ってて、落語を聞きながら『そうそう、あるある』って、お互いに隣の人をたたきながら、笑ってたのよ。終わった時はすっかり仲良しになって、『来年もきっとこの会場でお会いしましょ』って約束し合った〝TWG〟なのよ」

「TWGって何ですか」

「あなた、さっきから何聞いてたの。〝たたき（T）笑いの（W）がん仲間

(G)〟ってこと。それから毎年落語会で会って励まし合ってきたのよ。で、旅に行こうか、行こう行こうってことになって、東京と大阪と福岡を代表する美女3人が、みんなが知らないところがいいね、じゃあ東日本へ行こう、って一年に一回フリーパスを使ってTWGの旅行をしてるの、で今年は日本海の旅なのよ」

「そうですか。でも皆さん、とてもお元気そうで」

「元気じゃないの、みんな深刻でつらいのよ。その言葉は言わないほうがいいよ。けど、つらいつらいって言ってても始まんないでしょ、それ以上に楽しいことを次々に用意してつらいことを忘れるようにしてるのよ」

「なるほど、そういうことですか。母に聞かせてやりたいです」

「お母さま、どうされたの」

「ちょっと、ここ座ってもいいですか」

「いいけど、車掌さん、車内検札急いでるんじゃなかったの」

「いいんです。もう一人の新入社員に頑張ってもらいますから」

「実は、私の母が昨年胃がんになりまして、とてもつらそうなんです。私に何ができるのか考えてるんですが、なかなかわからなくて」

「何ができるか、って考えたらアカンのよ。できることの限界を自分で作ってるでしょ。そうやなくて、お母さんは自分に何をしてほしいんやろ、って考えるの。ほんなら、答えはじきに出てくるんや」

「そうなんですか」

「あんたが自慢にしているこのきれいでカッコいい〝特急いなほ号〟に、お母さんをご招待したらええやないの。きれいな日本海が見えるグリーン車の窓側の席を用意するのよ。息子が元気で働いている姿を見たら、お母さんきっとうれしいよ」

「よか、よかぁ。それがよかばい」

「なるほど。そういうことですか。ありがとうございます。大阪のおばちゃんって、にぎやかなだけじゃなくて、たまにはいいことも言うんですね」

「たまには、って、あんた、一言多いんよ」


特急いなほ3号は走り続けます。

「乗車券と特急券を拝見します。お三人様、余目までご乗車ですね。その先は陸羽西線に乗り換えて新庄まで。余目駅での乗り換え時間が短いのでお気をつけください」


「車掌さん、私ら3人、どんな仲間に見えますか。還暦とかバツイチはNGですよ」

「ああ、聞こえてたんですか。いえ、お若い方もいらっしゃるので、久しぶりのご家族旅行ってとこでしょうか」

「ブゥー。私たちはね、がん家族の会なのよ。がんと付き合うのって、本人は自分が一番大変だと思ってるんですよ。けど、家族にしかわからないつらさがたくさんあるのよ。それを家族同士で分かち合って家族から元気を届けていこう。で、たまにはストレス発散と気が済むまで話し合うために一年に1回泊りがけの旅行会をしているの。今年は、このきれいでスマートな特急いなほ号で日本海を見てから、山形の銀山温泉に浸かって食べて気が済むまで話をするの。海と山と温泉と美味しいものと気が済むまでの話し合い、盛りだくさんの計画なんですよ」

「そうですか、楽しそうですね。がんの家族だけの会ですか。珍しい会ですね」

「そう、がんを生き抜くつらさは家族にしかわからないことが多いのよ。だから、がんの本人は入会資格がないのよ」

「ちょっと横から口出ししてスビバセンけどね。私たちがんの本人ですけど、さっきから聞いてると、がんの家族が一番エラいとか、本人はアホやとか言うてますけどね」

「いえ、アホとは言ってません。それにエラいではなくてつらい、と」

「そう、聞こえるんよ。ほんならね、今からあなたたち家族の皆さんにクイズを出します。がんの人の気持ちがどれくらいわかっているか、というクイズです。三択です。正しい答えを一つ選んでください。では、問題です」

『がんの本人が家族に一番してほしいことは次のうちのどれでしょう』

①いつもそばにいてやさしくしてほしい

②一緒に旅行に行ってほしい

③今まで通りに付き合ってほしい

「そんなの、簡単ですよ。うちの夫を見てたらすぐわかるもん、ねぇ。答えは①いつもそばにいてやさしくしてほしい」
「ブゥー。正解は③番の今まで通りに付き合ってほしい」

「急に家族にやさしくされたら気持ち悪いでしょ。結婚して35年、夫が一度も言ったことがない言葉、『背中、さすろうか』なんて言われたら、こっちがつらくなるのよ、あぁ、家族に無理させてるなって、余計重荷になるの。それに、何か隠し事があるんじゃないか、病院の先生から家族だけに何か言われてんじゃないか、って疑ってしまうのよ。それが一番つらいの。だから、家族は今まで通り接してくれるのが一番うれしいのよ」

「ほんとに今まで通りでいいんですね、家族にやさしくしてもらわなくてもいいんですね。わかりました。

じゃあ、今度は家族から本人の皆さんにクイズを出します。何%かでお答えください。前後5%ずつの枠内であれば正解とします。では、問題です」

『がんの家族100人に聞きました。

家族ががんになってからは、食材はできるだけ添加物の入っていないものを選んでいる。これ、何%の家族が実行しているでしょうか』

「これはよく聞くよね。結構多いはずよ。けど、忙しいときは冷凍食品も買うし、出来合いの総菜で済ませることもあるしねぇ」

「気持ちだけは評価して、オマケもつけて、半分くらいでどう」

「そうね、じゃ家族の努力を評価して、ちょっと上乗せして、55%にしようか」

「それがいいね」

「では、決まりました。答えは55％」

「はい、がんの本人たちが出した答えは、55％。正解は、75％」


「家族は毎日の生活の中で、できるだけがんから遠ざかろうといつも考えてるのよ。肉を減らして野菜を増やすの、添加物の入ってない食材を選ぶの、水は浄水器を通すのよ。食事のときはテレビを消して家族で話をするの、一緒に散歩して歩くんですよ。ご飯を玄米に代えた家族も多いですよ」

「陰ですごい努力をしているんですね」

「少しはわかってもらえたでしょうか。家族って、何をやってもどこまでやってもこれで良し、という終わりがないんです。咳一つ、歩き方ひとつ、昨日と変わったところがないかと、いつも気にして見ているんですよ」


「あのぉー」

「あら、車掌さん、まだいたんですか」
「このクイズ合戦は引き分け、ということにして、この先は仲よく旅を楽しまれてはどうでしょうか」
「そうだね、お互いの気持ちが良くわかったわ」
「一緒にいなほ号に乗り合わせてよかったですねぇ」

特急「いなほ3号」は、日本海とも別れを告げて、豊穣の庄内平野を突き進むと、やがて映画『おくりびと』の舞台となった余目駅4番ホームへ、12時55分定刻に滑り込む。映画では女優広末涼子が降り立ったホームである。
「間もなく、余目に到着です。陸羽西線新庄方面へお越しの方は、隣のホームから発車いたします普通列車にお乗り換えください。発車時間が迫っております。ゆっくりとお急ぎください」

「さあ、乗り換えよ。ゆっくりとお急ぎください、ってどうすればいいんだろうね。あぁ、車掌さん、いなほ号の旅、楽しかったですよ。このあとも頑張ってね」

「あぁ、家族の会の皆さん。温泉、楽しんでくださーい。それから、ボクも家族の会に入れてくださーい」

「いいですよー。入会締め切りが迫っています。ゆっくりとお急ぎくださーい」

第五章
「いのちの落語」が二十年

「いのちの落語」が二十年

がんの人と家族だけを招待して落語会を開催したい。柳家喜多八さんをはじめたくさんのスタッフのみなさんの賛同と応援を得てその幕を開けた。場所は、東京・上野広小路亭、客席は満席になった。時は、2001年9月、アメリカで同時多発テロ事件が起こった翌週のことである。

生きるはずのないがんに出会って5年、いのちへの感謝を込めて開催した1回限りのイベントの予定であった。ところが、たくさんの参加者からこんな声が届いた。

「がんを経験した人だから語れる落語です。次を聞きたい」

「がんのつらさを知っているから笑える落語です。元気が出ます。また来たい」

こんな声に後押しされて翌年に2回目を開催すると、また来年も、と。そして、一年に一度が恒例となって毎年の開催が定着した。参加者も口コミでどんどん増えていった。参加希望者が客席数の倍になって、一日に2回公演という至難の業が何年も続いた。

私も熱い要望に応えようと、「いのちの落語」の新作創りに意欲的に取り組んで、毎年この高座でネタおろしをしてきた。がんのつらさや苦しさを体験者の立場から語り、それを笑いに乗せて生きる喜びや楽しさに昇華させていく。落語という形式美をもつ芸術作品として表現することに挑戦し続けた。その結果、2019年には19本目の作品をこの高座に送り出した。区切り節目の20本目が目前となった。

独演会直前までオチが決まらなかった難産の作品もあったが、ひと月ほどで完成した作品もある。我ながら感心する作品もあれば、もう少し掘り下げたかったと欲求不満の作品もある。

この独演会でネタおろしをした後は、全国各地で開催する講演会で、生きる希望と勇気を伝えるメッセージとともに、最新の「いのちの落語」として高座にかける。講演会の主催者から事前に高座のリクエストがあることも多い。人気のある「いのちの落語」として例を挙げると、『一診一笑』、『いなほ3号』、『あの日を忘れない 3・11』などがある。人気のあるこれらの落語の共通点は、主人公が躍動していて応援したくなる、制作面では短期間で出来上がった作品であること、である。

私自身も、この一年に一度の「いのちの落語独演会」によって、一年先を見据えながらの生き方が身についた。

参加者は、北海道から沖縄まで全国から駆けつけてくる。そして、仲間と一緒に笑って、生きる希望と勇気を自分で見つけていく。入院中の病床から外出許可を得て参加する人が毎年いる。この日のために最高のオシャレをしてやってくる人もいる、それは自分のために。アメリカロサンゼルスからやってきた女性もいた。

毎回初回枠を設定しているので、その数だけ〝新人〟に入れ替わっていただいている。

「この会で生きていく勇気をつかみました。毎年来たいけど、後から続く仲間のために私の席を譲ります」と、卒業していく人もいる。

参加できるのは、がんの人と家族だけ

すべて招待

開催は一年に一度

この三つが「いのちの落語独演会」を運営する主宰者の強いこだわりである。

会場内は同じつらさや苦しさを共有できる仲間たちだけであり、それは自分のがんとの関わりを告知して得られた招待状によって保証されている。また、自分の一年先の目標が設定できる。主宰者はスポンサーや協賛をつけず手弁当で開催することで自主独立の運営をしている。これらの強いこだわりを頑なに貫いてきたことが長く続いてきた要因である。そして、参加者やスタッフの人たちの熱い情熱がこれを支えてくれている。


「ロビーに入ったらスタッフの方から、『お変わりありませんか』と声をかけられました。仲間のありがたさに目頭が熱くなりました」

「客席に座っただけで涙が溢れてきました。会場の温かい空気と、今年も来ることができた、という気持ちで胸がいっぱいになりました」

「となりの夫が肩をゆすって笑ってます。がんになってから夫が笑ったの、初めてです。来てよかった、本当に来て良かった」

「落語を聞いて涙が止まりませんでした。私の気持ちをわかってくれる人にやっと出会えました」

「決意の三本締め、気合いが入りました。来年も必ず来るぞ、と自分に約束しました」

「いのちの落語独演会」は、毎年恒例となった〝決意の三本締め〟で締めくくる。これは参加者全員が主役であり、会場に響き渡る大きな手拍子で打ち上げる。また締める三本にも強い意味を込める。

一本目　今日のいのちと家族への感謝を込めて
二本目　仲間へのエールを込めて
三本目　明日のいのちへの希望と勇気を込めて

そして、「来年もまた〝いのちの落語〟でお会いしましょう」、でお開きとなる。これを繰り返して19回、初回から数えて延べ約七千人をこの「いのちの落語独演会」に招待した。２０２０年に節目の第20回を迎える予定であったが、コロナ禍によってやむなく開催を中止した。コロナ禍が収束して、満席の会場でマスクを外して大声で笑える日が早くやってきてほしい。そのときこそ、待ち続けたエネルギーをすべて乗せて、節目の「いのちの落語――二十周年」として、全国の仲間たちと生きる喜びを分かち合いたい。

高座の座布団

落語会の舞台設営には基本型がある。舞台中央に段組みした高座には、緋毛せんに紫座布団とサンパチマイク。背景には上品な白の鳥の子屏風に黒の後ろ幕、そして三味線や太鼓などの出囃子は生演奏、と相場が決まっている。これを基本にして、地域の特性と会場や予算の都合に合わせてアップグレードしたり代用品にしたりする。舞台の床が総ヒノキの劇場、文字通りヒノキ舞台では、中央に直に座布団だけを置いて上演することもある。何者をも寄せつけない気品と気高さがある。演ってみたいものである。

高座設営備品の中でこれだけは絶対に必要という必需品が一つある。それが座布団である。落語芸というのは古来より下半身の動きを封印した着物での座り芸である。座布団の大きさや色や材質に特に決まりはないが、全体のバランスや色合いを考えると、座って余裕と安定感のある夫婦判という大きめのサイズでちりめん生地の紫無地が適している。緋毛せんに赤い座布団では合わない。見た目のバランスと落ち着きが出囃子と相まって、目と耳からその落語会の雰囲気を高めてくれるのである。そして新品よりも中古品の方がありがたい。「今日の落語会のために座布団を新調しました。会員さんの手縫いです」と言われたことがある。お気持ちはありがたいし感謝至極である。ただフワフワの新品は座りにくく落語の激しい所作場面では転げ落ちる危険もあって演りづらいのである。そんな経験以来、「できればお寺さんで使い古して倉庫に眠っているペッタンコの座布団がベストです」と、お願いしている。

座布団というのは、真っ四角ではなく長方形だということをご存じだろうか。そして、座布団には向きがあって正面に向けられるのは四辺のうちでたった一辺だけ、というのもご存じだろうか。一枚の上質なちりめん生地を巻いて製作するので、三辺は縫い目ができるが一辺だけは縫い目を作らずに仕上がる。この一辺を高座の正面に向けて敷くのが失礼のない作法である。これは、〝お客様と噺家の縁（えん、ふち）を切らずに〟、という願いを座布団に込めた、という説もある。寄席に限らず客商売の仕事では、商売繁盛のための伝統的な〝ゲンかつぎ〟がある。〝下がる〟、〝落ちる〟、〝減る〟というような繁昌を否定する不吉な言葉や表現を忌み嫌い、〝上がる〟、〝のぼり調子〟、〝増え続ける〟という言葉や符牒が喜ばれる。座布団の〝縁を切らずに〟という符牒も同様である。

そのあたりの様子を桂米朝さんが古典落語『鹿政談』のマクラで見事に表現している。記憶の限りでたどってみよう。

『……豆腐屋さんの商品にオカラというのがあります。東京では卯の花ですな、これはようわかります、卯の花のように見えますわな。ところが、関西ではこれをキラズと言います。何でキラズかというと、お豆腐というのは食べるとき、誰でも切りますわな、けどオカラというのは切らぁしまへん、それでキラズやという。何でこんな持って回ったような言い方をするかというと、カラ（空）というのはゲンが悪いんですな、特にこんな寄席とか水商売のお店で使う言葉やない。寄席の出囃子で使う鉦《かね》があります。正確には、スルようにして鳴らすのでスリ鉦というんですが、このスルという言葉がゲンが悪いんで、これをアタルと言い換えて〝あたり鉦〟と言います。飲み屋さんでもスルメのことをアタリメと言いますな、これも同《おんな》じ理屈です。すり鉢はあたり鉢、すずり箱はあたり箱。何でも言い換えたろと、若い噺家が楽屋のトイレのスリッパをアタリッパと言いました。何でも言い換えたらええというもんでもないんでしてね……』

読む落語

本来、落語は聞いて見て、その言葉や表現の巧みさや面白さを楽しむものである。そしてどれほど楽しめるかは話し手の技量に負うところが大きいが、一方で聞き手の語彙の豊富さや人生経験の豊かさに拠るところも大きい。この両者が均衡してお互いに満足のいく結果が得られるのである。

本章では、紙面から読む落語として構成した。これは、上演内容を忠実に書き起こした速記落語ではない。巻末にライブ録音したＣＤもつけないので解説落語でもない。単独で成立する〝読む落語〟として構成した。わかりやすい言葉や表現を用いて語調を整えてリズム感のある運びで仕上げている。気持ちよくテンポよく読み進めてほしい。声に出して読めば自分の声に勇気づけられて一層元気が出るはずである。それではじっくりお聴き、いやお読みいただこう。

二十周年を先取りする

場所は東京日本橋。江戸時代から商業と町人文化の街として栄えた下町の中心地である。東海道の起点がここにあり、橋の上の麒麟像が人々の往来を見守っている。銀座まで続く現在の中央通りは、両側に江戸時代から続く老舗商店やデパート、世界の一流ブランド店などが軒を連ねる日本のメインストリートである。また、箱根駅伝はこの日本橋を渡ったら二日間のゴールが目の前である。

中でも人形町界隈は歌舞伎や浄瑠璃や落語が栄えた場所であり、中村座や市村座、人形町末広は時代の象徴であった。今も新旧の飲食店が調和する甘酒横丁から蛎殻町方向へ少し足を延ばすと、東京でもっとも有名な安産祈願の神社水天宮があり、その前には日本橋公会堂が立っている。江戸庶民の文化を育み、それを今に伝える街日本橋。その発信基地の一つがこの日本橋公会堂である。ここが今回の舞台となった。

「いのちの落語」二十周年で、その記念公演を本書にて先取りすることにした。収まらないコロナ禍にしびれを切らして考案した〝エア公演会〟であり、イメージの世界で二十周年記念公演を展開しようという試みである。

記念公演の会場に選んだのが、この日本橋公会堂ホール、通称日本橋劇場。花道や迫《せり》の設備があって歌舞伎公演も可能な広い舞台が目を引く。会場は正方形で客席は2階席や桟敷席も含めて約500席、演りやすく見やすいホールである。舞台背景には落語会の定石である鳥の子屏風ではなく、歌舞伎でよく使われる松羽目《まつばめ》を配した。明るい緑が華やかに舞台いっぱいに広がって歌舞伎の醍醐味を感じさせてくれる。

受け囃子が鳴り終わってメクリが翻ると墨痕も鮮やかな「いのちの落語」。500席満員の客席が一瞬静まり返る。

ターン、ターン。

締め太鼓の軽やかな響きに送られて三味線と大太鼓が勢いよく続く。出囃子「鞍馬」である。囃子が佳境に入った頃、花道奥にスポットライトが当たる。幕が開いた。

「待ってましたっ」

たくさんの掛け声に送られて花道を進む。左手の扇子を脇に抱え込み開いた右手を前に押し出した。〝弁慶の飛び六方〟である。拍手に支えられてさらに進むと、〝待ちかねたぁ〟とばかりに舞台中央の迫が上がってくる。現れたのは、緋毛せんに紫座布団の色鮮やかな高座である。その高座に上がってゆっくりと頭を下げるとそれに合わせて出囃子がピタリと止んだ。場内が一瞬の静寂に包まれる。会場に集う全員の人生が主役となる時間の幕開けである。大向こうから声がかかった。

「たっぷりっ」

いのちの落語――魂のさけび

みなさん、お変わりありませんか。

20年間、「いのちの落語」の第一声はこの言葉で始めてきました。

今日が昨日と変わらない、明日も今日と同じ日でありますように、という思いと願い。そして、普通のことを普通にできることが一番の幸せ。この二つがいのちの原点だと思っております。

この「いのちの落語独演会」、全国のがんの仲間とそのご家族だけをご招待して、生きる希望と勇気を笑いに乗せて分かち合おうと、一年に一度開催しております。

この会場は、前を見ても後ろを向いても、右も左も、そして高座でしゃべっている私も含めまして、みんながんの仲間とその家族だけです。つらいのはあなただけではありません。その気持ちをみんなが経験して知っています。


「どうしたの、深刻そうな顔をして」

「いや、おれ、がんだと言われてね」

「なぁんだ、それがどうしたの」

「なぁんだとは何だ。この気持ちは誰にもわかるもんか」

「ここにいる人たち、みんながんの仲間なんだよ」

「ええっ」

こういうことなんですね。ですから、笑わせてもらうのではなくて、自分から笑いの渦に飛び込んでください、みんなに遅れないように。


一年に一度というお約束で、今回が20回目です。20年が経ちました。第1回が2001年9月、アメリカで同時多発テロ事件が起こった翌週の開催でした。初回から数えまして、延べ約七千人の方々をご招待いたしました。この会は毎年秋に開催してきましたが、自慢できることが一つあるんです。台風などの天候事情で開催を中止したことは一度もないんです。前日や翌日に台風が東京を直撃したことは何度もありますが、当日はすっきりと晴れ渡った秋空の下で開催できました。

「この日を楽しみに一年間を過ごしてきたんだ。台風なんかに邪魔されてたまるか」

参加の皆様の強い執念が台風を吹き飛ばしたんですね。

ただね、コロナウイルスはいけません。あれには近づかないほうがいい。ということで２０２０年はやむなく開催を中止しました。その分のエネルギーも載せまして、二十周年記念事業として企画しました。


節目の20周年に用意しました「いのちの落語」は、この日のために長年温めてきた素材を一気に集結させて創作しました渾身の作品です。

20周年記念作品『いのちの落語——魂のさけび』、ご堪能ください。


「新年あけましておめでとう。去年１年たいへんな苦労をさせたね」

「１年も続いたがんの入院治療もやっと終わって退院できてよかったわね」

「うん。けどオレの予後はあまりよくなくて、３年生存率が５％と言われた。これからが正念場だよ」

「で、これからどうやって生きていくの」

「仕事がしたい。今までのようにギターで楽曲を作ってＣＤにして、全国でコンサートツアーをやりたい。いつまでも社会とつながってたいんだ」

「それじゃあ、まず強い抗がん剤治療の後遺症で残った全身のしびれを早く治さなきゃ何もできないでしょ。自分でご飯も食べられない、歩けない、トイレにも行けない、ギターも持てないでしょ。

　このままじゃ無理よ。あなたには盆も正月もないの。明日からリハビリ始めましょ。仕事がしたい、コンサートをやりたい、っていうはっきりとした目標があるんだから、苦しくってもその気になればきっとできるわよ」

「わかったよ、やるよ。ところでさ、退院の日、病院の玄関で宝くじ買ったよね。『がん患者支援宝くじ』」

「ちゃんと取ってあるわよ。そういえばあれ、今日が発表だったわね。夕刊に載ってるかしら」

「あった、載ってるよ。一等が1億円だよ。当選番号一等が、012組441907（キュー・レー・ナナ）番だ。この券が012組の441907（キュー・ゼロ・シチ）番、惜しいなあ、ちょいと響きが違うんだよな。こういうものは当たりゃしないんだよ。けど、惜しいなぁ。当選が、〝441のキュー・レー・ナナ〟。で、この券が〝441のキュー・ゼロ・シチ〟。ええっ、いや、キュー・レー・ナナ。同じだよ、当たってるよ、1億円が。いや（小さな声で）1オクエンだよ、1エンオク、じゃないよ。そうだ、前後賞合わせて2億円だよ」

「あんた、それ、本当かい」

「ウソなもんか。えらいことになったよ。これだけありゃもう働かなくてもいい。二人で一生遊んで暮らせるよ。で、この2億円、どうやって使おうか。二人で世界一周の船の旅か。いや、コロナウイルスに感染は怖いしな。風呂にワインを入れてチーズを咥えて飛び込む、ってどうだい」

「何を馬鹿なこと言ってんだろうねこの人は。それよりさ、うちの冷蔵庫、もう20年も使っててさ、夜中に音が出てうるさいんだよ。この際、買い替えてもいいかねぇ」

「2台でも3台でも買えばいい」

「いや、１台でいいのよ。それから、お隣さんにね、『テレビはやっぱり４Ｋがきれいね、お宅もそうでしょ』、なんて言われてさ。うちはいまだにアナログ方式に変換チューナーつけて見てるでしょ。あんまり悔しいからさ、『うちはずいぶん前から１００Ｋ《キン》よ』って言ってやったのよ。冷蔵庫を買うと８Ｋテレビの展示現品がセットで安くついてくるのよ。買ってもいいかねぇ」

「2台でも3台でも買えばいいんだよ」

「１台でいいのよ」

「2億円か、いや、まだずいぶんと余るな。オレはもう働かない。二人で好きなことして遊んで暮らそう。神様はちゃんと見ててくれたんだよ」

勝手な理屈をつけてその日の晩は、友達をたくさん呼んで飲めや歌えの大騒ぎで寝入ってしまいました。


「ちょいと、あんた。起きとくれよ。もうお昼だよ、今日からリハビリでしょ。後遺症を治してしっかり働いてくれないと、釜のふたぁ開きゃしないよ」

「仕事って、冗談言うなよ。昨日の2億円があるじゃないか」

「何寝ぼけたことを言ってるの。うちのどこにそんな大金があるのよ、情けないねぇ、この人は。〝金がありゃ何とかなるのになぁ〟なんて普段から逃げ道ばかり考えてるからそんな情けない夢を見るんだよ、しっかりしとくれよ。それより、昨日何があったのか知らないけど、友達をたくさん集めて、飲み食いの大散財をしたでしょ、まだあの通り散らかったままだよ。あのツケはどうやって払うのよ」

「だから、2億円でさぁ、ええっ」

「まだそんなこと言ってんのかい。情けないねぇ、この人は。夢を見たんでしょ」

「夢だって。いや、夢にしちゃずいぶんハッキリとした夢だよ。けど、当たった宝くじの2億円は夢で、友達呼んで飲み食いしたのは本当だって言うのかい」

「あんた、あたしを疑ってるの」

「いや、そうじゃないけどさ、えらい夢を見ちまったなぁ。確かに普段から〝金さえありゃ何とかなるのになぁ〟なんて諦めてたことが多かったよ。けど、それは逃げてただけなんだよなぁ。我ながら情けないよ。金が絡むと判断を誤るんだ。本当は金がないほうが知恵も勇気も出るんだよな。よしっ、オレは今日から〝損した得した〟の世界から足を洗って、どっちの道を歩いたら笑えるか、これで生きていくことにするよ」

〝人間、やるときはやる〟という小噺があります。

「父さん、ボク、商店街のすし屋のケイコちゃんと結婚したいんだ」

「あぁ、あの子はダメだよ。これは母さんには絶対に内緒だけどな、実はあの子は父さんが若いときに外で作った子なんだよ。だから、お前はあの子とは結婚できない」

「母さん、父さんにケイコちゃんと結婚したいって言ったら、それはダメだ。あの子は父さんが外で作った子だ、って言うんだよ」

「まぁ、アタシゃ父さんを絶対に許さないよ。あんた、ケイコちゃんを好きなんだろ、だったら堂々と結婚しなさい」

「だって、兄妹だからダメだって、父さんが」

「いいから結婚しなさい。これは父さんには絶対に内緒だけどね、実はあんたは、父さんの子じゃないんだよ」

すっかり心を入れ替えました。もともと腕もセンスも抜群のギタリストですから、生きていく道が定まったらどんどんと人の心に届く楽曲を世に送り出していきます。生きるはずのないがんを経験してきた自分だからこそ作れる曲が自然と生まれました。元気になれる曲、涙が溢れるけど笑顔になれる歌、みんなが一緒に歌える歌……。経験によって裏付けられた作品は、同じつらい思いをして生きてきたたくさんの人たちの心に届き、共感とエールが集まりました。誠意をもって誠実にコツコツと積み上げてきた仕事が世間の評価と信用を得て、今では小さいながらも表通りのビルに事務所を構えてマネジャーを置くことができるようになりました。

作った曲を最初に聞くのはいつも妻でした。

「伝わってこないわね」、「映像が見えてこないのよ」、「何が言いたいのかよくわからない」

なかなかほめてくれません。でも、正直に言ってくれる人が一番近いところにいてくれるのはありがたいのです。

「今年も終わったな。今日が年の瀬大晦日か、この頃一年が早いね」

「この前テレビで言ってたけどね、年を取ると記憶が飛ぶ日が増えるので一年を短く感じるんだってよ」

「水を差すようなことをペラペラと平気でよく言うね」

「毎日を一生懸命生きてきたから一年が早いんですよ。こう言えばいいんでしょ」

「そうだよ。クリスマスコンサートも無事終わったし、来年出版する本の原稿も出版社に送った。今年の仕事は全部今年で片付けたよ。静かだねぇ」

「外は白いものが舞ってますよ」

「あぁ、雪かぁ。どうりで少し冷えると思ったよ。さっきからいい匂いがすると思ったら、畳入れ替えたのかい」

「和室はこの部屋だけでしょ、少しでも気持ちがくつろげるほうがいいと思ってね。お前さんが頑張ってくれて少しは余裕ができたし、最近畳職人さんが少なくなってね、早めに注文しておいたら、年内に何とか入れましょう、って今日入れ替えてくれたんだよ」

「そらぁよかった。気持ちがいいや。いい正月を迎えられそうだ。こんなときに、二人でウチでゆっくりできるのはありがたいね、生きてきてよかったよ」


「お前さん、ちょいと聞いてほしい話があるんだよ」

「何だよ、急に改まって」

「アタシの話、怒らないで最後まで聞くって、先に約束してほしいんだよ」

「内容にもよるけどね。ま、わかったよ。約束するよ、怒らない」

「お前さん、これに見覚えないかい」

「これ、宝くじだね、3枚。えらく古いねぇ、しわくちゃで色が変わってるよ。いや、待てよ。ずいぶん前に、宝くじに当たった夢を見たことがあるよ。2億円だったかなぁ。あのときは、あんたにずいぶんと叱られたよ、なんて情けない夢見るんだ、ってね」

「これ、あの時の当選した宝くじなのよ。20年前」

「じゃあ、あれは夢じゃなかったのか、本当に当たってたんだ。そうだろうよ、やけにはっきりした夢だったもん」

「あんたに20年間ウソを通してきました。謝ります。でもね、これだけは聞いとくれよ。あのとき、あんたは『これで一生飲んで遊んで暮らせる、もう仕事はしない、働かない』って言って友達呼んで大酒盛りでしょ。こんなことを毎日繰り返してたら、せっかくつながったからだがまたダメになる、それどころか心まで荒んでいのちを縮めてしまう。だから、この宝くじはアタシのとっさの思い付きで、夢ということにしたんだよ。あんたのひらめきと腕があれば、きっと世間が評価してくれる作品を創り出せる。いつまでも仕事をして輝いていてほしいんだよ。だけど、20年も夫婦の間でウソを通してきてすみませんでした。この通り、謝ります」

「おっかぁ。いや、おかみさん。いえ、おかみさま。どうか、頭をあげておくんなさいまし。頭を下げて礼を言うのはこっちのほうだよ。よくぞ、夢にしてくれた。あのとき、2億円に手をつけてたら、あんたの言う通り、仕事もせずに毎日飲んだくれて、せっかくがんから生還したのに、今度はほかの病で早くに命を落としていただろうよ。働くって、人間を輝かせてくれるんだね。心から礼を言います。ありがとう。

ところでさ、20年前の当選宝くじ、今ここにあってもとっくに引き換え期限が過ぎてるでしょ」

「知り合いの弁護士さんに頼んで、期限失効停止の仮処分申請をしてもらってるの」

「へえ、そうなのかい」

「けど、これがあると人間がダメになるような気がする。この宝くじ、これからもずっと夢の中でいてもらおうよ。今ここで破るよ。いいね、お前さん」

「えっ、ちょっ、ちょっと待って。いや、いいけどさ、一枚ぐらいは残しておいたらどうだい。お金がないとギクシャクするよ」

「お前さん、死ぬまで働くんでしょ、仕事をして輝くんでしょ」

「何年か先に、オリンピックが日本にやってくるんでしょ。そのときには昔のように聖火リレーが全国を巡るんでしょ。あんた、申請して聖火ランナーとして走りなさいよ」

「あぁ、いいね。でもこの身体で走らせてくれるかな」

「夢を持つのよ。全国のがんの人たちと思いを一つにして、〞生きる希望と勇気の灯〟を高々と掲げて、道を切り開いて走っていく、って素晴らしいことでしょ。今は生き方の多様性をお互いに認めあう時代でしょ、そんな生き方を、オリンピックもきっと応援してくれると思うの」

「そうか、〞生きてるだけで金メダル〟だね」


「今思うと、がんに出会ってから、治療やリハビリや、どうやって生きていこうかとか、大きな分岐点ではすべてカミさんが横でハンドルを切ってくれたんだ。当たった宝くじまで夢にしてくれた。

畳は新しいほうが気持ちがいいけど、カミさんは古いほうが、いや、年季が入ってなくちゃいけない。心から礼を言いますよ。この通りだ、ありがとう」

「いやぁ、これくらいの感謝じゃ、ゼンゼン足りないわよ」

あとがき

読み終えて、さわやかな気持ちを楽しんでもらえたでしょうか。2時間ほどで本書を笑いとともに語調豊かにテンポよく通り抜けたでしょうか。途中にいくつもの〝涙の関所〟を用意してあります。ここで立ち止まると、自身の人生をしみじみと振り返ることになり、なかなか前に進めません。ですが、そんな一人称での読み方も著者は歓迎します。

本書の執筆で常に心掛けたのは、読んで映像が浮かび上がってくる文章にこだわったことです。具体的で定量的な情報を効果的に盛り込んで、読者の皆さんが脳裏のスクリーンに鮮明な映像を描いてくれるように配慮しました。作られる映像はその人の経験や人生観や環境によって違ってきます。本書の読者が仮に1万人だとすると、1万通りの映画が生まれます。その映画の監督、演出、キャスティング、場合によっては主演も含めて、すべて読者自身が手掛けます。著者は台本を用意するだけです。

本書で最も苦心したのは、第二章「7分間のショータイム」です。このテーマは、すでに出版されている関連書籍やテレビ番組やネット情報をベースにして、著者が出張業務などで長年利用してきたJR東日本やJR東海の新幹線各駅での実際の現場風景を加味して、著者独自の視点で書き上げました。8ページの短編の中で、12場面のカットが切り替わります。このスピード感のある場面転換に耐えうるように言葉や表現は推敲を重ねました。

著者と読者が共同で作り上げる鮮やかな映像の世界を楽しんでください。

新型コロナウイルスの長期に亘る蔓延で、一堂での対面講演業務は皆無となり、オンライン講演に置き換わりました。周辺の騒音を避けるため、できるだけ事務所から回線をつなぐようにしていますが、朝晩などの時間帯によっては自宅のＰＣを使用することもあります。その場合は、どうしても車の騒音や宅配便のチャイムなど生活音が入ることがあり、事前に告知しておくのですが、ときに思わぬ伏兵が現れることもあります。いつの間にか部屋の引き戸をそっと開けてワンちゃんが入ってきては私に向かって、「ワン、ワン」と叫ぶのです。私がしゃべっていると、自分も仲間に入りたいと訴えているんです。講演を中断して事情を説明します。

「突然ですが、私の優秀な第一秘書をご紹介します」

ワンちゃんを抱き上げて、カメラに向かってバンザイのポーズをとります。

「トイプードル　10歳　男の子　のぞみ君です」

その瞬間、ＰＣ画面のギャラリービューに映る皆さんの顔がほころんで素敵な笑顔になります。満面の笑みで手を振っている人もいます。ワンちゃんは何もしゃべっていません。一瞬の出来事です。私が苦心を重ねて創作した会心の小噺でもとても太刀打ちできないです。本音と直感で生きる動物のもつ天性の力を見せつけられました。そして、人生の師匠と仰ぐお手本がここにいることにも気づきました。

執筆にあたって、たくさんの方々に取材協力をお願いしました。著者目線のエッセイに対して、「樋口さんを信じています」と言ってくださった寛大な一言に感謝と御礼を申し上げます。

本書の製作にあたっては、構想企画段階から春陽堂書店永安浩美氏の強い情熱と支援に支えられました。著者の意を先取りするような編集方針に加えて、著者の再三の予定変更にも柔軟に対応してくださり、当初予定通りの出版月に上梓できました。敬意をもって深謝いたします。

最後に、一年以上に及ぶ長い執筆期間に、新型コロナウイルス感染防止対策や体調管理で細心の注意を払いながら、いつも、執筆しやすい職場環境を作ってくれた妻加代子に、本紙面にて感謝の意を表すことをお許しください。
身を削って人生を説いてくれた亡き父に本書を捧げます。

二〇二一年九月

樋口　強

本文中に今日の人権意識において不適切な表現がありますが、表現する上で必要と考えました。差別を助長する意図はございません。（編集部）

魂のさけび

二〇二一年九月三〇日　初版第一刷 発行

著者　樋口 強
発行者　伊藤良則
発行所　株式会社 春陽堂書店
〒104-0061
東京都中央区銀座3-10-9 KEC銀座ビル
電話 03-6264-0855（代）

ブックデザイン　鷺草デザイン事務所
印刷・製本　ラン印刷社

ISBN978-4-394-90408-3 C0095